행 복 해 집 시 다 !

양심
보감

이 시대, **명심보감보다 더 큰 지혜를 전하는 양심보감**

행 복 해 집 시 다 !

양심
보감

새론북스

양심보감

▶ 〈강석 · 김혜영의 싱글벙글쇼〉 DJ _ 강 석

MBC 라디오 프로그램 싱글벙글쇼의 인기 코너인 '양심보감'이 이렇게 책으로 꾸며져 나왔습니다.

개인적으로 제일 좋아하는 코너가 '양심보감'입니다. 그래서 제가 책을 낸 것처럼 기쁘고 즐겁습니다.

박경덕 작가와는 MBC 싱글벙글쇼에서만 20년간 호흡을 맞추어 왔습니다.

긴 머리에 청바지. 늘 청년인 그가 바라본 세상을 읽고 나시면 여러분도 아마 이렇게 말할 것입니다.

"맞아, 씸플! 세상은 그래도 아름다워!"

20세기 MBC 라디오에서 머리를 뒤로 묶고 다닌 자가 꼭 두 명 있었습니다. 한 명은 저 배철수이고, 다른 한 명은 방송작가 박경덕입니다.

21세기가 돼서 MBC 라디오에서 머리 긴 자는 작가 박경덕 단 한 명뿐입니다. 저 배철수는 꽁지머리를 잘랐습니다. 작가 박경덕에게도 그 머리가 진부하다고, 이젠 그만 자르라고 종용을 했지만 그는 막무가내로 계속 기르고 있습니다. 그 머리카락에 무슨 삶의 지혜가 담겼다나 어쨌다나…….

박경덕 작가가 그동안 잘 숙성시킨, 삶의 지혜를 담은 책을 이렇게 냈습니다. 평범한 삶 속에서 찾아낸 가슴 따뜻해지는 글입니다.

박 작가, 수고했다구. 그런데 말이야. 책도 냈으니, 이젠 그 포니테일 꽁지머리 자르면 어때?

▶ 〈강석 · 김혜영의 싱글벙글쇼〉 DJ _ 김혜영

　방송 시작 불과 10여분 남짓 남은 상황, 그가 서둘러 내밉니다. 시간에 쫓기며 숨 가쁘게 건너온 방송 원고에서는 모락모락 김이 납니다. 그를 잘 모르는 사람이라면, 급히 대충 만들어내온 음식 같아 다소 불안해할지도 모르지만, 우리는 걱정하지 않습니다. 먹음직스럽게 일필휘지로 쓴 원고를 펼쳐보면, 아니나 다를까 무릎을 탁 치게 만들죠. 그는 명실상부한 방송계의 베테랑입니다.

　우리 싱글벙글쇼의 20년 지기 터줏대감 박경덕 작가는 나의 또 다른 선생님입니다. 행복 추구라는 일관된 어조가 돋보이는 '양심보감'은 늘 우리에게 삶의 중요한 화두를 던져줍니다.
　누구든 흔히 '행복해지고 싶다'라는 간절한 소망을 품고 있지만, 뜬구름 같기도 하고 너무 막연한 명제가 아닌가 하는 생각도 들지요. 그것을 '양심보감'은 차분히 드러내 구체적으로 생각하게 해줍니다.

　몸이 허할 때, 무언가 허전할 때, '양심보감'의 내용을 따라가 보세요. 그러면 '양심보감'이 채워줄 것입니다.

  새로운 시각, 열린 마음으로 많이 배우게 될 것입니다.

  저 역시 그랬으니까요.

  남녀노소, 누구나 읽어도 무리없이 이해할 수 있는 책, 두고두
고 읽을 수 있는 책, '양심보감'.

  우리 싱글벙글쇼의 청취자들뿐만 아니라 더 많은 사람들이 재
미있게 함께하길 바랍니다.

길을 묻고 싶을 때가 있습니다. 이 길로 쭉 가면 그곳에 이를 수 있을까요. 혹시 길을 잘못 들어선 것은 아닐까요. 학교를 졸업하고 사회에 뛰어들어 앞만 보고 달려 여기까지 왔는데, 이대로 가도 괜찮은 건지 자꾸만 묻고 싶어지는 때가 있습니다.

그러나 인생길은 올림픽대로나 강변북로가 아니어서 교통 안내 전광판이 때맞춰 나와주질 않습니다. 동작대교에서 성수대교까지 지체, 예상 시간 30분. 이런 안내를 보고 나면 마음이 느긋해지고 편안해지는데, 인생길엔 그런 예고나 안내가 없습니다. 지금 가고 있는 이 길이 조금 막히기는 하지만 잠깐만 참으면 곧 정체가 풀리고 시원스레 달릴 수 있을 거라고 누군가 말을 해주면 좋겠는데 말입니다.

그렇게 길을 찾게 될 때 우리는 앞서 걸어갔던 선배들의 이야기에 귀를 기울이게 됩니다. 그런 인생 선배 가운데 한 분인 박경덕 작가께서 펼쳐낸 이 책을 읽으면서 참 괜찮은 길 안내를 만났다는 생각이 들었습니다. 선배의 평소 말투 그대로 간결하고도 깊이 있는 글은 한눈에 들어왔습니다. 그리고 곧바로 머리로, 또 가슴으로 전해졌습니다. 머리가 맑아지고 가슴이 후련해지는 듯했습니다. 서둘러 왔던 발걸음의 속도를 조금 늦춰 천천히 가야겠다는 생각이 들었습니다. 공연히 욕심 부렸던 일, 쓸데없이 화냈던 일을 되돌아보게도 되었습니다.

누군가에게 길을 묻고 싶을 때, 인간관계를 풀어가는 열쇠를 찾고 싶을 때, 마음에 위안이 되는 글귀 하나를 마음에 품고 싶을 때, 이렇게 좋은 가이드를 만났으니 조금 더 마음 편하게 제 길을 걸어갈 수 있을 것 같습니다.

『이솝우화』를 쓴 이솝 선생에게 따져 묻고 싶은 말이 있습니다. '토끼와 거북이'의 거북이에게 충고하고 싶은 말이 있습니다.

세상에는 이솝 선생과 거북이 때문에 망가진 사람들이 많습니다. 이솝 선생님, 그 죄를 어찌 다 갚으시려는지요?

이솝 선생에게 묻습니다.

첫째, 거북이는 물에서 살 살고 있는네, 왜 육지로 끌고 가서 그 힘든 경주를 하게 했는지 그 저의가 궁금합니다.

둘째, 우직하고 착한 거북이를 왜 그토록 비양심적인 동물로 그린 것인지 그 또한 궁금합니다. 같이 경주를 하다 상대가 자면, 상대를 깨워서 공정하게 경주를 하게 해야지, 자는 상대를 내버려두고 그 옆을 지나게 해서 승리를 훔치다니요.

그리고 거북이에게 충고하고 싶습니다.

너 미쳤나? 인생 그렇게 살지 마라. 왜 거기 가서 그 짓을 하나? 왜 그렇게 멍청한 짓을 했나? 네가 사는 물에서 경주했어봐. 그렇게 고생하지 않고 놀면서도 토끼를 이길 수 있었잖아.

　이 글은 MBC 라디오 <강석·김혜영의 싱글벙글쇼>를 통해 소개했던 '세상 새롭게 보기'와 '행복하게 보기'입니다.
　오랜 불경기로 힘들어하는 분들이 많았습니다. 그분들에게 작은 힘이라도 되고 싶어 쓰기 시작했던 글을 모았습니다.

　천지불인天地不仁.
　세상은 자기 법칙대로 굴러갈 뿐입니다. 그 누구를 특별히 배려하지 않습니다. 내가 아름답게 보면 아름다운 것이고, 내가 불행하게 보면 불행할 뿐입니다. 단지 그것뿐입니다.

　늘 행복하세요.

홍대 부근 빨간 벽돌집에서 삼겹살을 구우며

contents-

■

문 없는 문, 길 없는 길 • 16 작심삼일 • 18 얼짱 몸짱 맘짱 • 20 나무에서 배우는 지혜 • 22 '화조심 불조심' • 24 용서하며 살자 • 26 부드러운 사람 • 28 땀이면 안 되는 게 없다 • 30 면접시험 '필살기' • 32 좁은 문으로 가기 • 34 지성이면 감천 • 36 하루에는 낮과 밤이 있는 법 • 38 바보처럼 살기 • 40 우리는 모두가 장애인이다 • 42 공짜 백화점, 공짜 명품 • 44 서민의 목소리를 왜 들어야 하는가 • 46 이것 또한 지나가리라 • 48 오래 달리고, 높게 오르는 법 • 50 행복은 성적순? 성적은 행복순? • 52 쪽배 위의 간판 • 54 부자가 되는 법 • 56 모든 순간 꽃봉오리인 것을 • 58 모두가 선생이다 • 60 자비로운 세상 만들기 • 62 종소리의 비밀 • 64 내가 크는 법 • 66 실패는 없다 • 68 과적은 적 • 70 제대로 키우기 • 72 사람을 사랑하자 • 74 당나귀 물 먹게 하는 법 • 76 왜 효도해야 하는가 • 78 정을 나누는 세상 • 80 천국 가기 • 82 부자란 무엇인가 • 84 말이 돈이다 • 86 부자가 되고 싶으면 박수를 치자 • 88 기브 앤 테이크 • 90 가장 귀중한 재산 • 92 축구에서 인생을 배운다 • 94 캔디를 지키자 • 96 삼순이에게 배우는 인생의 지혜 • 98 자나 깨나 부메랑 조심 • 100 늘 배고프고, 늘 어리석어라 • 102 세상에서 가장 질긴 안전벨트 • 104 좋은 원자재가 좋은 물건을 만든다? • 106 화를 피하는 법 • 108 업보란 무엇인가 • 110 바다에서 배우는 인생의 지혜 Ⅰ • 112 지는 것은 한순간이다 • 114 자연 사랑, 나무 사랑, 종이 사랑 • 116 태극기가 바람에 펄럭입니다 • 118 월남 이상재 선생을 기리며 • 120 길을 가는 방법 • 122

contents-

■

빨리 빨리는 우리 것 • 124 떡값 파동 • 126 알고 보면 누구나 불안하다 • 128 바다에서 배우는 인생의 지혜 Ⅱ • 130 나누며 사는 세상, 명절 • 132 벌은 여전히 꽃을 찾아다닌다 • 134 물은 한순간에 끓는 게 아니다 • 136 물을 물로 보지 말자 • 138 행복이란 무엇인가 • 140 건강을 지키자 • 142 가을 전어에게서 배우는 삶의 지혜 • 144 가만있으면 중간은 간다 • 146 돌고 돈다 해서 돈이다 • 148 지리산 종주에서 배운다 • 150 김진호 파이팅! • 152 첫술에 배부르랴 • 154 영자도 알고 있다 • 156 지는 건 한순간이다 • 158 기다리는 것이 힘이다 • 160 달리기의 의미 • 162 산이 있어 산에 오른다 • 164 걷는 것에도 기술이 있다 • 166 제대로 걸어야 제대로 산다 • 168 또 바꾸는 국새 • 170 내 사랑 한글 • 172 영어, 그게 전부가 아니다 • 174 범사에 감사하자 • 176 자선의 의미 • 178 모든 것에는 때가 있다 • 180 갈림길 • 182 축구에서 배우자 • 184 성공하는 비결 • 186 기술을 배우자 • 188 머리 나쁜 사람은 백 년을 해도 안 된다? • 190 어디서 어떻게 시작해야 하는가 • 192 건강하게 사는 법 • 194 행복으로 가는 길 • 196 세상 바로 보기 • 198 직장인들의 열등감 • 200 돌아가는 길이 빠른 길이다 • 202 잘 봐야 잘산다 • 204 문제없는 사람이 문제 • 206 호치민의 '삼꿈' 정신 • 208 산 높으면 골도 깊다 • 210 이미 봄은 시작됐다 • 212 도둑에게 배워야 할 크리스마스이브 • 214 부자로 살다 죽기 • 216 주는 게 남는 것, 주는 게 버는 것 • 218 아내와 늘 상의하라 • 220 대박 난 슈퍼개미 • 222 불을 다뤄 인간이다 • 224 정직에 관한 단상 • 226 연말을 준비하며 • 228

더불어 사는 세상,
행복해집시다!

이 시대 명심보감보다 더 깊이 마음에 새겨야 할 아름다운 소리

양심보감

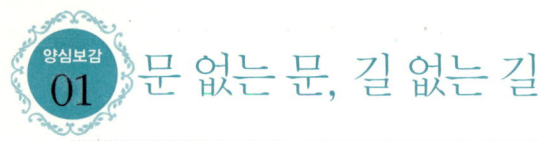

문 없는 문, 길 없는 길

용기 없는 나와 희망 없는 내가 마주합니다. 어디에 문이 있는가? 내가 묻습니다. 어디가 길인가? 나도 묻습니다. 내가 희망을 건네줍니다. 나도 용기를 쥐어줍니다. 바로 지금, 나와 내 눈앞에 용기의 문이 열립니다. 바로 여기, 나와 내 발 아래 희망의 길이 트입니다.

알 듯 모를 듯한 말을 하는 경우, 우리는 흔히 선문답한다고 합니다. 그런데 그 알 듯 말 듯한 오리지널 선문답 중에 '문 없는 문, 길 없는 길'이라는 말이 있습니다. 도대체 무슨 소리일까요?

성공을 위해선 좁은 문이든, 넓은 문이든 문을 통과해야 합니다. 출세의 길을 위해선 구불구불한 길이든, 곧게 뻗은 길이든 길을 걸어가야 합니다. 그런데 그 문이라는 것이 어디에 있고, 길이라는 것은 또 어디에 있는지 알 수가 없지 않습니까?

대오견성大悟見性을 하려면, 혹은 성공을 하려면, 또는 출세를 하려면, 문을 통과해야 하고 길을 가야 합니다. 그런데 딱히 문이라

할 것도 없고, 길이라 할 만한 것도 없습니다.

그렇다면 도대체 어디에서 문을 찾고, 어디에서 길을 찾아야 할까요? 그 해답은 바로 '지금 여기'입니다.

대오견성을 하려면, 지금밖에 기회가 없습니다. 성공이나 출세를 하려면 지금 여기에서부터 해야지, 달리 방법이 없습니다. 지금 이 순간 어떻게 살고 있습니까?

성공하겠다, 출세하겠다, 용기와 희망을 갖고 있으면 그 문을 통과한 것입니다. 그 길을 제대로 걷는 것입니다.

바로 이 순간 무엇으로 살고 있습니까? 희망 없는 절망으로 살고 있다면 쭉 그런 길을 걸어갈 수밖에 없습니다. 사망의 문을 지나고 있을 수밖에 없습니다.

바로 여기, 지금이 성공의 문이요, 출세의 길이라는 사실을 잊지 마세요.

작심삼일

잿빛 콘크리트로 사위가 꽉 막힌 더러 삭막한 이 시대, 초침을 쳇바퀴 삼아 돌고 도는 달음질 뒤로 마음속 작심들이 질질 끌려갑니다. 거대한 삼 일에 짓눌려 촛농처럼 녹아내리다 흐리마리 작심삼일로 굳어갑니다.

묵은해를 보내고 새해를 맞이하는 첫날, 첫 주가 시작되는 월요일, 혹은 스스로 금을 그어놓은 디데이의 어느 날, 많은 사람들이 새 아침을 맞아 저마다 비장하게 세운 결심을 한껏 불태웁니다. 매일 아침 운동을 하겠다, 금연에 금주를 하겠다, 예습복습을 철저히 하겠다 등등의 결심을 말이죠. 여러분도 이런 식의 결심들을 해봤을 겁니다.

하지만 이런 결심들이 대부분 작심삼일로 끝나는데, 어떻습니까? 여러분도 한 번쯤은 실패한 삼 일째의 오늘과 등 돌린 채, 꿔다놓은 보릿자루처럼 맥없는 자신의 결심을 경멸하듯 흘겨봤을 겁니다.

그런데 작심삼일은 나쁜 것이 아닙니다. 작심 안 하는 것보다 한

게, 그게 어디냐 이 말씀입니다. 흔쾌히 작정한 오늘의 결심을 작심삼일로 끝내세요. 그러고는 삼 일 뒤, 또 결심을 해보세요. 그렇게 삼 일이 지나면, 또다시 작심하고…… 그러다보면 티끌 모아 태산이라고, 결심한 대로 되어갈 것입니다.

이렇게 말씀드리면 "그거 너무 무책임한 발상 아니냐? 지금 말장난하느냐"고 두 눈에 쌍심지 켜면서 언성 높일 분들도 있을 겁니다. 하지만 진정하세요. 작심삼일을 꺼내든 이유는 다른 데 있으니까요.

우리 마음이라는 것은 아무리 굳건한 결심을 해도 작심삼일, 삼일을 가기가 어렵습니다. 이게 우리 마음의 수명이지요.

그런데 남을 미워하고 싫어하는 마음을 우리가 결심하고 가집니까? 아닙니다. 그냥 그런 마음이 귀신에 홀린 듯 확 하니 들어오는 겁니다.

그렇다면 그 마음의 수명은 얼마나 될까요? 삼 일을 못 갈 겁니다. 그런데 우리는 어느 순간 보기 흉한 마음 하나가 폴짝 넘어오면, 그걸 끌어안고는 죽어라 가슴속에 넣어두고 삽니다.

가슴팍에 시꺼멓게 널브러진 그것은 이미 죽은 마음입니다. 죽은 마음 움켜쥐고 있어봐야 나만, 본인만 환장할 노릇이지요.

시도 때도 없이 들쭉날쭉 오가는 마음, 그것은 작심해도 삼 일을 못 갑니다. 사람 잡고도 남을, 남에 대한 좋지 않은 마음들, 기를 쓰고 끌어안지 마세요. 마음들 풀고 사세요.

얼짱 몸짱 맘짱

그 옛날의 미인박명이라는 말이 무지하게 어색한, 그러니까 미인이 좀처럼 박명하지 않는 요즘, 동그란 눈매에 콧날 오똑한 얼짱이 돌아봅니다. 보기 좋게 마름질된 몸짱이 등 돌립니다. 두루 뭉실 민둥산 같은 맘짱이 팔 벌립니다.

최근, 대학수학능력시험을 마친 고3 학생들 사이에서 몸 가꾸기 열풍이 불고 있다고 합니다. 얼굴과 몸매를 뜯어고치겠다고 성형외과나 비만클리닉, 치과 등을 찾아 헤매는 고3 학생들이 엄청나게 늘고 있다는 말입니다.

곱상한 얼짱에 매끈한 몸짱이 아니면 그럴싸한 대접 한 상 못 받는 외모지상주의가 문제이긴 하지만, 더러 불만족스러운 외모 콤플렉스를 극복하고 자신감 충전을 위해 고치겠다는데, 감 놔라 배 놔라 할 사람이 누가 있겠습니까? 하지만 남의 집 아이들이 하니까우리 집 아이도 시켜야겠다는, 흉내쟁이 부모들의 극성이 문제라이겁니다.

우리 툭 털어놓고 얘기해볼까요? 우리가 살면서 얼굴 못생겨서 하고 싶은 일 못 한 게 몇이나 있습니까? 우리가 살아가면서 몸매 엉망이라고 손해 본 게 얼마나 됩니까? 아마 별로 없을 겁니다.

우리의 일생에서 얼굴이나 몸매 때문에 좌절하는 일은 얼마 되지 않습니다. 여러분, 뒤를 돌아보세요. 눈을 돌려보세요. 우리가 후회했던 일들을 돌이켜보세요.

그때 그 시절, 잘 갈라진 한두 줄의 쌍꺼풀이 내게 있었다면, 또는 아뿔싸, 그때 내 팔뚝이 2센티미터만 굵었더라면, 혹은 참을 수 없는 내 다리통이 3센티미터만 가늘었더라면……. 땅바닥에 주저앉아 대성통곡이라도 할 듯 이러고 후회했습니까? 아니었지요? 그때 내가 마음을 이렇게 먹었으면, 그때 내가 마음을 저렇게 썼으면, 뭐 이러고들 후회했잖습니까.

청담스님은 팔만사천대장경을 한 자로 줄이면 마음 '심心'이라고 했습니다. 이는 세상 그 무엇보다 마음이 중요하다는 말씀입니다.

얼짱, 몸짱 만들어주는 것보다 마음 잘 쓰는 맘짱을 만들어주세요. 고기를 남겨주는 것보다 고기 잡는 기술을 남겨줘야 하지 않겠습니까? 얼짱, 몸짱 만들어주는 것은 고기를 남겨주는 것뿐입니다. 그러니 고기 잡는 기술을 남겨주세요. 그것이 바로 맘짱을 만들어주는 길이니까요.

나무에서 배우는 지혜

매년 어김없이 돌아오는 4월 5일 식목일은 너도나도 곡괭이를 짊어지고 산으로 들로 나가는 날입니다. 양증맞은 묘목을 청명한 한식날에 정성껏 뿌리 심고 있노라면, 저만치 녹음으로 울창한 거목들이 나무의 지혜를 한 수 던져줍니다.

나무는 깨끗한 공기와 물 그리고 푸름을 우리에게 선사할 뿐만 아니라, 죽어서까지 그 무엇 하나 아끼지 않고 몽땅 퍼주는 정말 고마운 존재입니다. 그뿐인가요? 사는 모습 또한 우리에게 크나큰 교훈을 주는 것이 바로 나무입니다.

나무는 어디에서 태어났건 환경을 탓하는 법이 없습니다. 그저 최선을 다해 잎을 내고 꽃을 피울 뿐입니다. 왜 그럴까요? 나무는 알기 때문입니다. 어디에서 태어났는지가 중요한 게 아니라 얼마나 푸르게 활짝 피어내는가가 더 중요하다는 점을 말이지요.

싹둑싹둑, 어색한 모양새로 가지치기한 앞마당의 비리비리한 정원수가 무슨 소용 있습니까? 바싹 메마른 산비탈 위에 묵묵히 버티고 선 채 싱그러운 잎사귀와 단아한 꽃잎을 활짝 펼쳐내는 나무, 그것이 진정한 나무입니다.

나무에게 배워야 할 지혜는 또 있습니다. 세상의 모든 나무는 씨에서 시작합니다. 그런데 그 씨를 보세요. 아름드리나무로 자라는 은행나무도 새끼손가락 반 마디만 한 은행 알맹이에서 시작합니다. 그 은행을 반으로 쪼개보세요. 그 속에 은행나무가 숨어 있습니까? 어느 나무의 씨를 동강 내봐도 그 안에 나무는 없습니다. 하지만 그 씨를 흙에 뿌리면 거기서 나무가 자라납니다.

'시작은 미약했으나 끝은 창대하리라.'

이것은 성경에 나오는 말씀입니다. 이게 무슨 뜻이겠습니까?

불경에는 '갓씨 속에 수미산이 숨어 있다'는 말씀이 있습니다. 자그마한 씨 안에 에베레스트 산보다 수백만 배 더 큰 수미산고대 인도의 우주관에서 세계의 중심에 있다는 상상의 산이 숨어 있다는 말씀의 속뜻은 무엇이겠습니까?

누구나 희망 혹은 꿈이라는 씨앗을 심으면, 그것을 창대하게 키울 수 있다는 말입니다.

매년 돌아오는 식목일. 산과 들에 나무만 심을 게 아니라 우리 마음에도 꿈과 희망을 심는 그런 날이면 좋겠습니다.

'화'조심 불조심

잊을 만하면, 어느 지역에서 출몰한 산불이 얼마의 임야를 태웠다는 상상 초월의 피해 소식
들이 들려와 우리를 안타깝게 합니다. 얼마 전, 강원도 양양과 고성에서 타오른 산불처럼 말
입니다. 365일 시도 때도 없이 일어나는 산불로 고군분투하는 분들께 위로와 격려의 박수를
보내며 다시 한 번 불조심을 돌아봅니다.

우리가 세상을 살면서 제일 조심해야 할 것은, 바로 불입니다.
세상의 온갖 사고를 한번 보세요. 사고로 일이 터지고 마는 대개의
이유가 다름 아닌 불 때문입니다. 이는 마음에서 일어나는 불, 화를
두고 하는 말입니다.

어떻습니까? 사고 터지는 것을 보면 거의가 불뚝성으로 시뻘겋게
독 오른 홧김 때문인 것을 보아오지 않았습니까.

최근 들어 이 홧김 때문에 냅다 사고 치는 사람들이 늘고 있습니
다. 차에 불 지르고, 타이어 펑크 내고, 친구끼리 치고 박다 큰일 내
고…… 이게 다 홧김 탓입니다. 그러하기에 너도 나도 정말 조심해
야 하는 것이 '화'조심 불조심입니다.

고타마 싯다르타 붓다는 인간이 제일 조심해야 할 것을 세 가지로 손꼽았습니다. 바로 탐貪, 진瞋, 치痴입니다. 그러면 '탐, 진, 치'가 무엇이겠습니까? '탐'은 욕심이요, '진'은 화요, '치'는 알지 못함, 곧 무지입니다. 그런데 이 '탐, 진, 치' 중 제일 사람을 망가뜨리는 게 '진', 화입니다.

혹시 '탐'이라고 생각했습니까? 세상에 욕심쟁이는 따로 있습니다. 모두가 욕심쟁이는 아닙니다. 여러분은 욕심쟁이입니까? 아니잖습니까.

행여 지금 '치'를 떠올리고 있습니까? 세상 멍청이도 따로 있습니다. 먹으려면 밥을 먹지 멋모르고 돈을 먹는 멍청이들 말입니다.

하지만 이 화는 그렇지 않습니다. 화에서 자유로울 사람은 없습니다.

이 세상을 이른바 참고 견디는 사바세상이라고 하는데, 과연 무엇을 참고 견뎌야 하는 것일까요? 바로 화만 참고 견디면 문제는 없습니다. 참을 인忍자 세 번이면 살인도 면한다고 했습니다. 세 번의 인으로 무엇을 참는 것이겠습니까? 우리 안에 벌겋게 달아오른 화를 참는 것입니다.

격정으로 달아오른 내 안의 냄비를 들여다봅니다. 시기와 원망으로 뒤엉킨 분노가 부글부글 끓고 있습니다. 펄펄 끓어 넘치기 일보 직전입니다. 용서의 국자로 천천히 덜어냅니다. 온전히 다 쏟아냅니다. 텅 빈 냄비 안으로 평안이 행복하게 들어찹니다.

웃는 얼굴에는 행복이 넘칩니다. 그렇게 활짝 웃는 얼굴을 가진 사람들은 정말 대단한 분들입니다. 그 무슨 싱거운 소리냐, 박수 받으려고 입에 발린 소리를 하는구나, 이렇게 생각하는 분들이 있을 겁니다. 하지만 사실을 말하는 겁니다.

나이 마흔이 넘으면 자신의 얼굴에 책임을 져야 한다는 말이 있습니다. 마흔이 넘었으니, 성형수술을 해서라도 얼굴을 정우성이나 장동건 같은 얼짱처럼 고쳐야 한다는 말일까요? 물론 아닙니다.

나이 마흔, 불혹의 나이를 넘어서면 인상 쓰지 말고, 성낸 얼굴 보이지 말고 웃으며 살 줄 알아야 한다는 말입니다.

세상에서 제일 무서운 것이 무엇일까요? 첫째는 욕심입니다. 그럼 두 번째는 무엇이겠습니까? 바로 한문으로는 진瞋, 우리말로는 화입니다.

취직이 안 되자, 치밀어 오르는 화를 참지 못하고 차에 불을 지르다 쇠고랑을 찬 청년이 있었습니다. 한강다리를 걸으며 애인이 헤어지자고 하자 홧김에 죽어버리겠다고 곧바로 한강으로 뛰어내린 청년도 있었습니다. 물론 그 청년은 공사장 받침대 덕에 목숨을 건졌지만 말입니다. 이 얼마나 황당한 일들입니까?

그런데 우리가 화를 내다보면 이런 어처구니없는 일들을 저지르게 마련입니다. 전쟁이 왜 일어납니까? 화 때문에 일어납니다. 싸움이 왜 일어납니까? 화 때문에 일어납니다. 전쟁이나 싸움이나, 한번 터지면 쌍방이 모두 손해를 보고 피해를 입습니다.

그렇다면 이 화를 어떻게 다스려야 할까요? 그 열쇠는 바로 용서입니다. 달라이 라마는 행복해지고 싶으면 용서하라는 주제로 책도 냈습니다. 예수가 행한 가장 위대한 일은 우리의 그 수많은 죄를 혼자 짊어진 것입니다. 그것은 죄 많은 우리를 다 용서한다는 의미입니다.

우리도 배워야 합니다. 용서해야 합니다. 그러면 행복해질 것입니다. 그러면 웃으며 살게 될 것입니다.

07 부드러운 사람

> 이크— 에크— 에크. 능청과 굼실의 삼박자로 흔들흔들 품밟는 우리 전통무예를 본 적 있습니까? 바로 택견입니다. / 소매는 길어서 하늘은 넓고, 돌아설 듯 날아가며 사뿐히 접어올린 외씨버선이여 / 조지훈의 승무 같은 고운 춤사위 뒤에 일순간 내지르는 무인의 외유내강 곁에서 부드러운 사람을 바라봅니다.

참사람, 난사람, 든사람이라는 말이 있습니다. 참사람은 정직한 사람이고, 난사람은 능력 있는 사람, 그리고 든사람은 학식 있는 사람을 말합니다. 그래서 예로부터 우리는 참사람, 난사람, 든사람이 되라는 가르침을 받아왔습니다.

그런데 세상을 좀 살다보니, 그게 아니더라고요. 참사람, 난사람, 든사람보다 더 대단한 사람이 있는데, 바로 부드러운 사람입니다.

세상에서 정말 힘 있는 사람, 정말로 돈 많은 사람, 정말이지 경륜 높은 사람들의 공통점 하나는 이들 모두가 하나같이 부드러운 사람이라는 것입니다.

귀동냥으로 들은 법정스님의 말씀 중에 이런 이야기가 있습니다.

임종을 앞둔 스승이 마지막 가르침을 주기 위해 제자를 불렀습니다. 그러고는 제자 앞에서 입을 벌렸습니다.

"내 입 안에 뭐가 보이느냐?"

"혀가 보입니다, 스승님."

"이는 안 보이느냐?"

"이가 모두 빠진 지 오래되셨는데 무슨 이가 보이겠습니까?"

"이는 다 빠지고 혀만 남아 있는 이유를 알겠느냐?"

제자가 이번엔 바로 대답을 못하고 머뭇거렸습니다.

"이는 단단하기 때문에 다 빠져버린 것이요, 혀는 부드럽기 때문에 오래도록 남아 있는 것이니라."

부드러운 게 오래가는 법입니다. 무엇이든지 나이 먹으면 딱딱해지게 마련이고, 어린 것은 부드러운 법입니다. 우리 모두 부드러운 사람이 되어보는 건 어떨까요? 그게 제대로 사는 비결입니다.

땀이면 안 되는 게 없다

민속씨름 천하장사 출신의 최홍만 선수가 주가를 올리고 있는 K-1. 언뜻 보기엔 저런 아비규환의 싸움질도 있을까 싶겠지만, 그 링 안에서 그들은 나름의 법칙으로 매회를 버텨냅니다. 땀이면 안 되는 게 없다는 신념으로 상대방 너머의 승리를 노려보며 펀치와 킥을 일상의 삶처럼 주고받습니다.

최근 들어, 취업준비생들이 25만 명을 넘어섰다고 합니다. 취직문이 지옥문이라는 말도 나오고 있습니다. 그래서 요즘은 취직만 해도 성공했다는 말을 들을 정도입니다. 하지만 취직했다고 고생 끝, 지옥 끝이 아닙니다. 직장에 들어가 보세요. 그때부터 본격적인 고생문, 지옥문이 열립니다. 생각대로 되는 일도 없고, 뜻대로 돼가는 게 없는 고달픈 인생살이가 시작됩니다.

이 고달픈 인생살이, 어떻게 해야 제대로 뚫고 나아가겠습니까? 그 비결은 바로 땀입니다.

여러분, 건강을 지키는 방법이 무엇이겠습니까? 운동을 해서 땀 흘리는 겁니다. 땀이 안 나는 운동은 운동도 아닙니다. 그럼, 건강을 지키듯 인생의 신념을 지키고 목표를 이루는 방법은 무엇이겠습니까? 그 역시 열정적으로 땀을 흘리는 겁니다. 무엇을 하든지, 땀을 흘려 쪽 말라비틀어질 정도로 열심히 해보세요. 안 되는 일이 없을 것입니다.

문제는 땀 흘릴 정도로 열심히 안 해서 문제가 되는 겁니다. 야밤을 틈탄 도둑질도 식은땀을 흘려가며 하는 겁니다. 할 일 없으면 농사나 짓겠다는 말들을 하는데, 모두가 만만하게 보는 그 농사도 피땀 흘리지 않으면 결코 지을 수 없습니다.

지금 땀을 흘리고 있습니까? 그럼 제대로 사는 겁니다. 땀을 전혀 안 흘린다면 천만의 말씀, 그 정도로는 안 됩니다. 여러분, 신명 나게 땀 한번 흘려보세요.

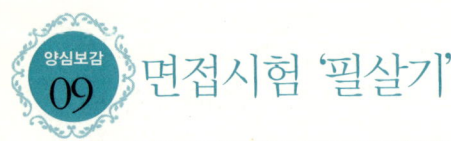

면접시험 '필살기'

정성껏 다려놓은 정장을 조심조심 차려입습니다. 잘할 수 있지? 거울 속의 무뚝뚝한 얼굴은 대답 같은 표정을 비장하게 토해냅니다. 파이팅. 얼굴을 돌려 전사처럼 나서려다가 문득, 부적 대신 그대를 바라봅니다. 다시, 거울 앞에 마주한 얼굴이 한결 화사해집니다.

요즘 구직난은 그야말로 장난이 아닙니다. 사정이 이렇다 보니, 회사 면접시험 때 면접관에게 좋은 인상을 심어주고자 새 정장을 맞추고, 더러는 성형수술까지 한다고 합니다. 게다가 자기소개를 청산유수처럼 할 요량으로 웅변학원도 마다하지 않는다는군요.

그런데 사실, 그런 것보다 더 중요한 자세가 있습니다. 바로 활짝 핀 모습으로 면접에 임하는 것입니다. 자신감을 가지되, 오버하지 않고 여유 있는 자세를 보여야 합니다. 면접관은 그런 이에게 높은 점수를 주게 돼 있습니다.

면접 때는 활짝 핀 모습을 보이는 것이 중요한데, 활짝 핀 모습이란 좀더 구체적으로 어떤 모습일까요?

사랑에 빠져본 사람들은 실제로 이런 말을 주위에서 들어봤을 겁니다.

"무슨 좋은 일 있어? 얼굴이 훤해졌는데?"

면접관에게 가장 좋은 점수를 받는 경우가 바로 이 같은 환한 인상입니다. 이런 인상은 대개 사랑에 빠졌을 때 나오는 것이지요.

어떻습니까? 수백 통의 이력서를 내고 뛰어다녀야 하는 고된 삶이지만 그 삶을 사랑하고, 자신이 지원한 회사를 사랑하고, 힘들게 얻어낸 면접 기회를 사랑하세요. 사랑하는 마음을 가슴에 가득 안아보세요.

활짝 필 얼굴에 성형수술이 왜 필요합니까? 좋은 정장이 뭐 필요 있겠습니까?

구직 문턱을 나서는 여러분, 활짝 웃으며 다시 한 번 힘내세요.

좁은 문으로 가기

한 무리의 바보들이 앞서거니 뒤서거니 대문을 향해 몰려갑니다. 대문 건너편에 무엇이 있든 말든 막연히 달립니다. 서로 밟고 밟히면서 내달립니다. 밀리고 밀려 압사하기 일보 직전, 바보들이 그제야 귀 기울입니다. 처음은 미약하나 나중은 심히 창대하리라, 쪽문으로 가는 이의 가벼운 발걸음을 그저 지켜봅니다.

대학생 열에 네 명은 취업이 안 되면 졸업을 연기할 생각이라는 설문조사가 있었습니다. 취업이 어려워지자 취업을 위해 과외를 받는 학생도 많다고 합니다. 자격증을 따고, 외국어를 배우고 해도 취업하기가 어려운 게 현실입니다.

하지만 취업을 아주 손쉽게 하는 학생들도 많습니다. 바로 좁은 문을 택한 학생들입니다. 그들은 자신의 장기나 특기를 살려 남들이 하지 않는 공부를 한 학생들이지요.

경복궁이나 창경궁에는 문이 있습니다. 그런데 궁이 크다고 큰 문만 있는 게 아닙니다. 큰 대문 옆에는 작은 문도 있습니다. 큰 문은 잘 열지 않지만, 작은 문은 항상 열려 있습니다. 큰 문으로 다니면 폼이 나지만 작은 문으로 다니면, 왠지 모양새도 초라하고 폼도 안 나는 게 사실입니다.

하지만 우리가 잊어서는 안 될 것이 있습니다. 문이란 안으로 들어가기 위해 있는 것만은 아니라는 사실입니다. 넓은 세상으로 나가기 위해 있는 것 또한 문입니다.

큰 문이든 작은 문이든 그게 무슨 문제겠습니까? 그 문을 통과하고서 무엇을 어떻게 하느냐가 더 중요한 문제이지요.

잘 안 열리는 큰 문을 잡고 씨름할 게 아니라, 작은 문을 택하는 것은 어떨까요? 누구는 대기업에 들어가 나이 마흔에 퇴출당하지만, 누구는 구멍가게로 시작해 나이 마흔에 큰 회사 오너가 되는 게, 그것이 세상입니다.

지성이면 감천

양심보감
11

샛녘, 창밖으로 흐릿하게 춤추는 옛 그림 하나. 하얗게 내려앉은 어머니가 합장합니다. 신령님, 부처님, 하늘님— 비나이다, 비나이다. 정화수에 불 밝히는 촛불 위에서 자식들 잘되라고 간절하게 읊조리던 한마음. 지성으로 감천을 바랐던 우리의 어머니를 되돌아보며 다시 지성으로 감천을 쳐다봅니다.

우리 속담에 '지성이면 감천'이라는 말이 있습니다. 또 중국 문화혁명 당시, 시대에 뒤떨어지는 것이라며 천대했던 주자의 어록에는 '정신일도 하사불성'이라는 말도 있습니다. 이런 말들은 지금 이 시대에도 통용될 만한, 우리가 배우고 알아야 할 것들입니다.

그렇다면 '지성이면 감천'이라는 말은 무슨 뜻일까요? 바로 간절한 마음, 한마음이면 하늘도 움직인다는 뜻입니다. '정신일도 하사불성'이라는 말은 한마음이면 이루지 못할 일이 없다는 뜻이고요.

성공하는 사람들에게는 비결이 있는데, 이는 여러 마음을 안 갖는 것입니다. '지성으로 정신일도'한다. 즉, 시종일관 변함없이 한 마음을 갖는 겁니다. 여러 마음을 안 갖고 한마음만 갖는다는 것은 잔머리를 안 굴리겠다는 뜻입니다. 다른 생각을 안 먹겠다는 이야기입니다.

아름드리나무가 하루아침에 커졌겠습니까? 오랜 세월, 하루하루 꾸준하게 자라나서 그렇게 된 겁니다.

성공한 사람들도 하루아침에 성공한 것이 아닙니다. 하다못해 복권에 당첨된 주인공들도 꾸준하게 4~5년 이상 매주 복권을 산 사람들이 대부분이라고 합니다.

지성이면 감천하게 돼 있습니다. 변하지 않는 한마음, 지성으로 밀고 나아가세요. 잔머리 굴리며 들쭉날쭉 오락가락, 마음 바꾸지 마세요. 왜틀비틀 팔푼이 같은 마음, 그게 망하는 지름길입니다.

하루에는 낮과 밤이 있는 법

카메라 앵글에 길바닥을 담습니다. 날 선 모서리와 맞닿은 땅 위에는 그늘진 암이 자욱합니다. 바람이 일고 사람들의 발길이 스쳐갑니다. 어느새 암은 천천히 기웁니다. 자꾸만 돌아앉아 웅크립니다. 이제는 명입니다. 양지바른 땅 위로 명이 가득 들어앉았습니다.

4월이 오면 가로변이며 공원이며 화사한 벚꽃이 노란 개나리와 어우러져 만개합니다. 가는 길마다 풍성하게 흐드러진 봄 눈꽃이 얼마나 매력적인지요. 꽃은 그것이 무슨 꽃이든 꽃잎을 펼쳐낸다는 것 자체로 아름답습니다. 벚나무에 매달리든 장미가시 위에 곧추서든 아니면 할미꽃으로 굽어 서든 활짝 피어나면 되는 겁니다. 피어난 꽃잎마다 4월의 향기는 그렇게 깊이를 더해갑니다.

그런데 그런 향연에 아랑곳하지 않는 모습들이 있습니다. 그야말로 잔인한 4월의 얼굴들. 오늘날, 살기가 어려워 힘들어하는 사람들의 표정입니다.

여러분은 어떻습니까? 역시나 사는 게 사는 것이 아닙니까? 힘들다는 말이 매일같이 꼬리에 꼬리를 무는 여러분입니까? 그렇다면 눈을 돌려 또 다른 사실을 한번 바라보세요. 하루에는 낮과 밤이 있다는 사실을 말입니다. 상식 축에도 못 낄 너무도 뻔한 이 자연의 법칙 안에는, 그러나 우리가 곱씹어야 할 인생의 지혜가 숨어 있습니다.

하루 안에 낮과 밤이 붙어 있듯, 우리 인생 안에도 밝음과 어둠이 공존합니다. 대낮처럼 찬란한 행복의 순간이 오면, 뒤이어 칠흑 같은 고통의 시간이 뒤따르게 마련입니다. 그 고통의 시간이 깊어지면, 또다시 동트는 여명이 행복을 안고 올라옵니다. 조금만 참고 기다려보세요. 어둠이 깊어지면 곧 새벽이 옵니다.

어둠이 싫다고 늘 해 뜨는 인생만 바라지 마세요. 북극에 가까운 나라에 가보세요. 그 지역엔 밤이 없는 때가 있습니다. 밤이 없는 날을 생각해보세요. 과연 사람들이 행복해할 것 같습니까? 그들은 생활 리듬이 깨져 하루하루를 힘들게 보냅니다.

흐리터분한 안개에, 잔뜩 찌푸린 먹구름 하늘에, 지척지척 비 오는 날씨에 짜증내지 마세요. 햇볕만 쨍쨍 내리쬔다고 생각해보세요. 일 년 내내 햇볕만 드는 곳은 사막이지, 사람 사는 데가 아니지요.

양지가 있으면 음지도 있습니다. 바꿔 말해, 음지가 있어야 양지도 존재하는 법입니다.

바보처럼 살기

어떻게 살 것인가? 내 안의 내가 묻습니다. 남쪽으로 난 창밖으로 얼굴을 돌립니다. 논밭처럼 쪼개진 보도블록을 내다봅니다. 도시 외곽 저만치의 들녘과 산마루를 바라봅니다. 꽈배기처럼 똬리 튼 구름을 쳐다봅니다. 다시, 어떻게 살 것인가? 시인 월파처럼 그저 나도 바보같이 웃지요.

잘 사는 방법에는 여러 가지가 있습니다. 항상 웃으면서 살기, 매사에 만족하면서 살기, 범사에 감사하면서 살기 등등 많은 유형이 있겠지만 구체적으로 어떻게 해야 잘 사는지에 대해서는 별로 소개된 바가 없습니다.

잘 살기의 구체적인 방법 중 하나는 우리가 무엇을 하든 바보처럼 사는 것입니다. 눈 감으면 코 베어 먹을 요즘 세상에, 무슨 그 따위 귀신 씻나락 까먹는 소리냐며 극구 손사래 칠 분도 있을 겁니다. 하지만 세상을 정말 잘 살아내는 방법은 바보처럼 사는 겁니다.

세상을 살면서 우리는 어떤 이들을 바보라고 합니까? 흔히 모자라게 사는 사람들을 바보라고 합니다. 모자란다는 것은 다 채워지지 않았다는 뜻입니다. 그러니까 바보는 다 채우지 않고 사는 사람입니다. 욕심을 안 부리는 사람입니다.

어느 고인의 말씀 중에 이런 말이 있습니다.

'입 안에 말이 적고, 마음에 일이 적고, 뱃속에 밥이 적어야 한다.'

이것이 무슨 의미이겠습니까? 뭐든 많으면 넘치고, 가득 채우면 기우는 법입니다. 그러니 모자라게 살자는 뜻입니다.

바보처럼 살자는 것은 정말 바보가 되자는 말이 아닙니다.

무엇이든 좀 모자란 듯 그렇게 살아보자고요.

우리는 모두가 장애인이다

우리 주위엔 봉사의 삶으로 더불어 살아가는 사람들이 있습니다. 그런 이들을 보자면, 안치환의 〈사람이 꽃보다 아름다워〉라는 노래가 떠오릅니다. 특히, 장애우들과 함께하는 이들은 세상 어떤 꽃보다 아름다워 보입니다. 바로 그대, 바로 당신. 그 아름다운 모습에 박수를 보냅니다.

눈에 보이는 것만이 세상을 증명하는 팩트, 사실은 아닙니다. 감춰져 눈에 보이지 않는 사실들도 많이 있습니다. 그중 하나가 바로 우리 모두 장애인이라는 사실입니다. 사지가 멀쩡한데, 무슨 장애인이냐? 이렇게 반론하는 분들도 있을 겁니다. 하지만 사실입니다.

왜 우리 모두가 장애인인가, 그 이유는 다른 데 있지 않습니다. 눈이 있으면 뭐 하겠습니까? 볼 것을 제대로 봐야 참눈이지요. 볼 것을 제대로 못 보면, 그게 장애가 아니고 뭐겠습니까?

우리 곁의 장애우들은 지금 이 순간에도 고통받고 있습니다. 엉망인 보행로에 엉성하기 짝이 없는 공공시설, 게다가 구직난이 심각하다는 우리 사회에서 장애우들의 취업문제는 또 어떻습니까? 이 땅에 설 자리가 없어 힘들어하는 장애우들이 정말 안 보여서 그러는 건지, 보면서도 못 본 체하는 건지 모르겠지만, 좌우지간 우리는 제대로 보지 못하고 삽니다.

볼 것을 온전히 못 보는 눈은 정말로 장애의 눈입니다. 손을 써야할 데가 있음에도 불구하고 못 쓴다면 그 손에는 심각한 장애가 있는 것입니다.

우리 장애우들은 대접을 해달라고 하지 않습니다. 절대로 동정을 바라지도 않습니다. 장애란 사는 데 그저 불편한 것일 뿐입니다. 그렇게 불편하니, 함께 손을 잡고 갔으면 하는 아주 소박하고도 자그마한 바람을 가졌을 뿐입니다. 그런데 그런 장애우들에게 내미는 손들이 몇 안 됩니다. 손 내밀어야 할 때 못 내미는 손, 그것이 진정한 장애가 아니고 무엇이겠습니까?

여러분에겐 어떤 장애가 있습니까? 외적인 장애보다 편협한 마음, 속 좁은 마음, 그리고 볼 것을 못 보고, 손 내밀 곳에 못 내밀고, 가야 할 데를 안 가는 우리의 장애에 대해 깊이 생각해봐야 할 때입니다.

공짜 백화점, 공짜 명품

휘황찬란하게 디스플레이된 마음속으로 쇼핑을 갑니다. 에스컬레이터를 타고 한 층 한 층 올라갑니다. 명품들이 가득한 진열장마다 함부로 손을 집어넣습니다. 누구도 뭐랄 사람은 없습니다. 대머리가 돼도 상관없습니다. 일곱 가지의 감정, 기쁨 · 노여움 · 슬픔 · 즐거움 · 사랑 · 미움 · 욕심, 그 칠정 사이에서 자꾸만 갈등합니다.

　　요즘 백화점에 명품코너가 그렇게 많아졌다고 합니다. 빈익빈 부익부. 없는 사람이 더 궁핍해질수록 있는 사람은 더욱 풍족해져 가는 탓에 백화점들이 그 상위 5퍼센트를 노리고 명품관을 만든다는 겁니다. 얼마나 돈이 많은지 모르겠으나, 공짜를 집으러 가듯 거리낌 없이 들락거리는 명품관 마니아들을 여러분도 심심찮게 봐왔을 것입니다.

　한번 상상해보세요. 쌀이나 배추를 비롯해서 명품에 이르기까지 세상의 온갖 것들이 즐비한 그 백화점에서, 여러분도 그들처럼 부담 없이 물건을 고를 수 있다면 과연 어떤 것을 선택하겠습니까? 더욱이 공짜라면 말입니다. 슈퍼마켓에서도 살 수 있는 배추 한 포기를 고르겠습니까? 아니면 웬만한 월급쟁이 일 년치 봉급과 맞먹는 명품을 고르겠습니까? 공짜라면 누구나 당연히 값비싸고 귀한 명품을 고를 것입니다.

그런데, 세상의 온갖 명품으로 휘황찬란한 만물상 백화점이 도심 한복판에만 우뚝 서 있는 것이 아니라 우리 가슴속에도 하나씩 들어서 있다는 것을 알고 있습니까? 그것은 바로 마음이라는 이름의 백화점입니다. 뭘 고르든 본인 마음대로고, 어떤 것이든 공짜입니다.

그럼, 마음이라는 우리 가슴속의 공짜 백화점에서 무엇을 골라야 할까요? 당연히 명품을 골라야 하지 않을까요?

설마하니 슬픈 마음, 암울한 마음, 괴로운 마음을 고르지는 않겠지요. 그것들은 명품이 아니라 불량품입니다. 그러니 두말할 것도 없이 행복한 마음, 즐거운 마음, 기쁜 마음을 골라야 합니다.

우리 안엔 늘 동시에 수만 가지의 마음이 오갑니다. 그리고 우리는 매일 매순간 그 마음 중에 하나를 쇼핑하는 것입니다.

바로 지금 이 순간, 모든 것이 공짜인 마음이라는 백화점에서 여러분은 무엇을 고르겠습니까?

서민의 목소리를 왜 들어야 하는가

2등 객실의 아비규환이 갑판 위로 손을 뻗칩니다. 뱃머리가 쏠립니다. 저만치 휘둥그레진 등대가 어서 오라, 불 밝힙니다. 모두가 힘을 합쳐 바닷물을 빼내며 버티면 됩니다. 배가 기울수록 1등 객실 사람들이 나 몰라라 뱃머리로 몰려갑니다. 고꾸라지듯 배는 자꾸만 가라앉습니다.

부익부 빈익빈 현상이 우리 사회에 만연해 있습니다. 상위계층 월 평균 수입이 최하위계층 월 평균 수입의 열여덟 배나 된다고 합니다. 이럴 때일수록 우리가 해야 할 일이 있습니다. 올곧이 하위계층, 다시 말해 서민들의 목소리를 귀담아들어야 하는 것이지요.

이런 주장을 하니까, 이 무슨 유세장에서나 나올 법한 접대성 이야기냐, 행여 금배지에 관심이 있는 것 아니냐, 뭐 그러는 분이 있을지도 모르겠습니다. 하지만 머리에 쥐 났습니까? 금배지에 관심이 있다니요.

청소년 대상의 한 설문조사를 보니 세상에서 제일 못 믿을 사람이 금배지를 단 사람이라고 하던데, 그런 것에 무슨 관심이 있겠습니까?

서민들의 목소리를 들어야 한다는 것은 이 나라, 이 민족뿐만 아니라 이 시대 상위계층, 상류층, 부자들을 향해서 하는 소리입니다.

아파트가 있습니다. 그 아파트 꼭대기의 전망 좋고 쾌적한 펜트하우스가 최상위층이라면, 10층쯤은 상류층, 그 아래는 중산층, 밑으로 물이 새는 지하 3층 바닥은 서민층, 그중에서도 최하위층쯤 될 것입니다.

지금 지하 3층 주차장에서는 물이 새 난리가 났습니다. 그런데 3, 4층에 사는 사람들은 들은 체할까 말까 그러고 있습니다. 10층에 사는 사람들은 들은 체도 하지 않습니다. 그리고 펜트하우스에 사는 사람들은 아예 모른 척하고 있습니다.

우리나라 최고급 아파트의 지하 3층에 물이 샌다고 난리가 나보세요. 어떤 일이 벌어지겠습니까? 제아무리 좋은 아파트라도 그 소문 때문에 아파트 값이 그냥 곤두박질칠 것입니다. 흔쾌히 입주하려고 하는 사람이 없을 것입니다.

지하 3층이든, 꼭대기 펜트하우스든 다 같은 아파트입니다. 펜트하우스는 제값을 받고 싶어 하면서 지하 3층에서 벌어지는 난리를 모른 척해서야 되겠습니까? 같은 배를 탄, 함께할 수밖에 없는 한 몸이라는 사실을 외면하지 마세요.

덜커덩, 질주하던 기차가 산언저리를 감싸고 도는 철길 아래로 완만하게 흘러갑니다. 객차 안으로 어둠이 와락 몰려옵니다. 터널이 먹물 같은 칠흑을 차창에 도배합니다. 슬금슬금, 더디게 기어가던 기차가 이윽고 빽— 목 놓습니다. 조금씩 밝아져가는 사위가 일순간 뻥 뚫립니다. 다시 곧게 뻗은 철길 위로 기차가 시원스레 내달립니다.

경기가 풀리고 있다는데, 아직은 여전히 냉골입니다. 그러니 살기 힘들다, 견디기 어렵다는 분들이 많습니다. 그런 분들을 위해 유대의 지혜서 『미드라시』에 나오는 얘기를 하나 소개하겠습니다.

고대 이스라엘의 다윗 왕이 궁중의 세공장이를 불러 자신을 기리는 아름다운 반지를 하나 만들라고 지시하면서 이런 말을 했습니다.

"내가 큰 승리를 거둬 기쁨을 억제하지 못할 때 나 스스로를 자제할 수 있고, 반면 큰 절망에 빠졌을 때 좌절하지 않고 용기를 얻을 수 있는 글귀를 반지에 새겨 넣도록 하라."

세공장이는 반지를 만들어놓고도 무슨 말을 써야 할지 난감했습니다. 끙끙대던 그는 결국, 풀리지 않는 숙제를 짊어진 채 지혜롭기로 소문난 솔로몬 왕자를 찾아갔습니다. 솔로몬 왕자는 어둠 속의 빛줄기 같은 글귀 하나를 써주었습니다.

Soon It Shall Also Come To Pass이것 또한 지나가리라

세상에 변하지 않는 것은 없습니다. 말끔한 미모도 시간의 그늘 아래 변질되고, 수중의 돈도 생성과 소멸이라는 굴레 속에서 변화하게 마련입니다. 어린아이가 늘 어린이로만 있는 것이 아니라 계속 커 나아가듯, 세상의 모든 것들은 끊임없이 변합니다. 미치도록 사랑해서 결혼했다가도 단박에 이혼하여 등 돌립니다. 그렇게 변하는 것이 세상입니다. 그 변한다는 것이 무엇이겠습니까? 바로 '지나간다'는 것입니다. 미모도, 돈도, 명예도, 모든 부귀영화는 영원한 게 아니라 지나가는 것입니다.

마찬가지로 지금 우리 앞에 놓여진 이 힘든 상황 역시 변하게 마련이고, 지나가게 되어 있습니다.

너무 절망하지 마세요. 광풍이 몰아쳐봐야 아침 한나절입니다. 광풍이 지나가면 또다시 해가 떠오르게 마련입니다. 지금 이 순간, 여러분의 그것 또한 지나가고 있습니다.

오래 달리고, 높게 오르는 법

편편한 오솔길에서 달음질해봅니다. 금방 턱밑까지 차오른 숨을 연방 빨아 마십니다. 천 근 같은 발길을 고꾸라질 듯한 비탈길이 맞이합니다. 이번엔 한 호흡 한 호흡 길쭉하게 밀어냅니다. 달아날까 움켜쥐었던 숨을 한 토막씩 온전히 내놓습니다. 어느새 산마루, 발걸음이 한결 가볍습니다.

요즘 웰빙 바람 덕분에 마라톤 인구가 늘고 있습니다. 더불어 산을 찾는 등산객도 크게 늘고 있지요.

그런데 마라톤도 그렇고, 등산도 그렇습니다. 그냥 달린다고 다 달릴 수 있는 것이 아닙니다. 또한 오른다고 다 오를 수 있는 것이 아니지요. 오래 달리고, 높이 오르는 데는 특별한 기술이 필요합니다. 사실, 알고 보면 그다지 대단한 기술은 아니지만, 이 기술을 아느냐 모르느냐에 따라 오래 달리고 높이 오를 수 있는 것의 성패가 갈립니다. 그럼 그것이 무슨 기술이겠습니까?

오래 달리고 높이 오르는 비결은 아주 간단합니다. 숨을 들이쉬는 데 신경 쓰지 않고, 오로지 숨을 내쉬는 것입니다.

　우리는 보통 힘이 들 때, 벌컥벌컥 물 퍼마시듯 숨을 자꾸 들이쉬곤 합니다. 이런 버릇 때문에 우리가 그토록 쉬이 지쳐버리는 것입니다. 그러므로 힘들수록 숨을 들이쉬는 것에 신경 쓰지 말아야 합니다. 깊이깊이 숨을 내쉬기만 하면, 숨을 들이마시는 것은 저절로 이루어집니다.

　오래 달리고 싶습니까? 높이 오르고 싶습니까? 그러면 숨을 차분하게 내쉬도록 하세요. 숨을 내쉰다는 의미는 내 것을 내놓고 나를 비운다는 것입니다. 그러면 놀랍게도 세상은 내가 내놓은 만큼, 내가 비운 만큼을 순식간에 채워줍니다.

　오래 달리고 높이 오르고 싶다면, 오로지 내주는 것에만 신경 쓰세요. 채워지는 것은 자동입니다.

행복은 성적순? 성적은 행복순?

성적표를 들여다봅니다. 고만고만한 50점 안팎들이 앞 다투어 도토리 키 재기를 합니다. 93점, 미술 점수가 유난히 커 보입니다. 나의 노력과 재능이 미술 성적을 저번보다 3점이나 올렸습니다. 뭐, 떨어진들 상관없습니다. 미래의 천재화가는 오늘도 행복한 미술 시간을 손꼽아 기다립니다.

어느 과학고등학교의 총학생회장이 성적 부진 때문에 투신했다는 뉴스가 있었습니다. 얼마나 힘들었을까. 천 길 낭떠러지 같은 그 학생의 고민을 내려다보자니 가슴께가 납덩이처럼 한없이 무거워집니다.

「행복은 성적순이 아니잖아요」라는 영화가 있습니다. 하지만 우리 사회에서의 행복은 성적순인 것이 사실입니다. 성적을 올리겠다고 개인과외를 받고, 학원에 다니고, 그래서 사교육비가 엄청나게 들어가고 있습니다. 그 때문일까요. 성적이 떨어질라치면 냅다 아이를 잡는 부모도 적지 않습니다.

이런 세태 속에서, 이제는 가던 길을 돌아보고 곰곰이 생각해봐야 합니다. 행복이 무엇인지 안 뒤에 행복을 찾아야 합니다. 마찬가지로 성적도 무엇인지 안 뒤에 따져야 합니다.

직장에 다니는 학부모들이 많을 것입니다. 그래서 하는 말인데 업무를 마치고 나면 우리는 저녁때 술자리를 갖곤 합니다. 생각해보세요. 이왕 마시는 술, 일등으로 마시겠다고 간장약 먹어가며 냉면대접으로 무리하게 음주해보세요. 어떻게 되겠습니까? 며칠 못가 병원 신세를 질 것입니다.

술이란 그렇게 마시는 것이 아닙니다. 술은 스트레스를 풀고, 잠시나마 행복한 마음을 갖기 위해 마시는 겁니다. 술자리에 가보세요. 한 잔만 마셔도 취하는 사람이 있고, 열 병을 마셔도 안 취하는 사람이 있잖습니까. 다 제 능력대로 즐기면 되는 것입니다.

공부도 마찬가지입니다. 행복해지자고 공부하는 것인데 1등이면 어떻고 2등이면 어떻습니까? 성적보다 더 중요한 것은 즐겁게 하는 공부, 행복하게 하는 공부입니다. 즐거운 공부, 행복한 공부를 시켜보세요. 성적은 저절로 올라갑니다.

쪽배 위의 간판

애벌레 같은 사람들이 고치를 짊어진 채 왁자지껄 구물거립니다. 시끄러운 사람들……. 헤드
폰으로 귀를 막습니다. / 서로가 서로를 봐 내세울 게 무엇인가 벗어버리자, 다 벗어버리자
망설이지 말고 세상이 쉬워진다, 너무나 편안해진다 껍데기를 벗어버린 저 나비처럼 / 헤드
폰 밖으로 윤도현 밴드(〈가리지 좀 마〉 중에서)가 대신 악을 씁니다.

길을 걷자면 정신이 하나도 없습니다. 건물마다 오색찬란한 간판들이 요란하게 붙어 있어서, 눈이 다 어지러울 지경입니다. 하지만 그렇다고 건물에 나붙은 간판들이 어떤 문제를 심각하게 일으키진 않습니다. 그 간판 때문에 좌절하거나 힘들어하거나 울분을 토하는 사람은 없으니까요.

그런데 정말 큰 문제를 일으키는 간판이 있습니다. 바로 사람들이 달고 다니는 간판입니다. 어느 학교를 나왔다는 둥, 어디 출신이라는 둥, 어떤 동네에 살고 있다는 둥……. 뭐 이런 말도 안 되는 간판들 때문에 마음에 상처를 입고, 좌절하여 괴로워하는 사람들이 정말 많습니다.

고타마 싯다르타 붓다의 말씀 중에는 세상에서 제일 멍청하고 어리석은 사람을 빗댄 이야기가 있습니다.

강을 건너야 할 두 사람 앞에 마침 누가 놔뒀는지 쪽배 한 척이 있었습니다. 두 사람은 그 배를 타고서 무사히 강을 건널 수 있었습니다. 그런데 길을 가던 중 어느 순간부터 한 사람이 안 보이는 것이었습니다. 묵묵히 발길을 재촉하던 다른 한 사람은 오래도록 뒤를 돌아봤습니다.

이윽고 뒤에 처졌던 사람이 보이기 시작했습니다. 그는 끙끙거리며 쪽배를 머리에 이고 오는 중이었습니다.

"아니, 자네 왜 그깟 배를 끌고 그리도 힘들게 오는가?"

"쪽배를 타고 강을 건넌 사실을 만나는 사람들한테 자랑하려고 그러네."

여러분이라면 어떻게 하겠습니까? 강을 건넜으면 쪽배는 그 자리에 놔둬야 하지 않겠습니까? 그래야 다른 사람들이 또 건널 것 아닙니까? 가지고 다니며 자랑할 것이 따로 있지, 왜 그 쪽배를 짊어지고 가는지 참으로 아둔한 처사가 아닐 수 없습니다.

마찬가지입니다. 간판을 따지고, 간판을 붙여 자랑하다니요? 쪽배를 짊어지고 자랑하려는 그 멍청이와 다를 것이 뭐가 있겠습니까? 어리석은 간판 타령은 이제 그만하자고요.

부자가 되는 법

> 고개를 쳐듭니다. 금빛으로 내리쬐는 햇볕 아래 웅크립니다. 따스한 바람을 더듬이 삼아, 스
> 쳐가는 것들을 하나하나 더듬습니다. 천천히 상쾌한 숨을 들이켭니다, 하나. 마누라가 양말을
> 또 뒤집어놨다고 꼬집습니다, 둘. 막둥이가 자지러지게 웃습니다, 셋. 나는 부자입니다.

요즘 경기가 좋아지고 있습니다. 하지만 아직 윗목 냉골이라는 분들이 많은 것도 사실입니다. 그래서 다들 돈 걱정 없는 부자가 되기를 갈망합니다. 과연 부자가 되려면 어떻게 해야 할까요? 그 비결이 무엇이겠습니까?

여러분은 지금 살고 있는 집 앞마당을 파본 적이 있습니까? 한번 파보세요. 그곳에 금송아지가 묻혀 있을 겁니다. 앞마당에 없으면 뒷마당을 파보세요. 그곳에 분명히 금송아지가 있을 겁니다. 만에 하나 뒷마당에서도 금송아지가 안 나온다면 옆 마당을 파보세요. 그러면 필시 금송아지가 있을 겁니다.

마당이 없습니까? 그렇다면 거실을 파보세요. 부엌을 파보세요.

안방을 파보세요. 여러분 주위를 올곧이 한번 파보세요. 반드시 금송아지가 있을 테니까요.

　아무 집, 그 어디라도 파는 족족 금송아지가 나온다고 했는데, 그 말을 액면 그대로 받아들일 여러분은 아닐 것입니다. 하지만 금송아지는 분명 있습니다.

　병을 앓고 있는 사람들에겐 건강이 금송아지입니다. 맞습니까? 자식 없는 사람들에겐 자식이 금송아지입니다. 그렇습니까? 월세도 못 내는 사람들에겐 전셋집이 금송아지이고, 쥐꼬리만 한 월급의 일터일지라도 직장을 못 구한 구직자들에게는 그곳이 금송아지입니다. 공감합니까?

　주변을 둘러보세요. 금송아지는 꼭 있습니다. 금송아지를 찾으면 부자가 되는 것이고, 못 찾으면 평생토록 없이 살다가 궁핍하게 가는 것입니다.

모든 순간 꽃봉오리인 것을

나도 역시 후회합니다. 노다지였을지도 모를 그때 그 일을 말입니다. 그때 그 사람, 그때 그 물건은 정말이지 노다지였습니다. 더 열심히 파고들어야 했습니다. 더 열심히 말을 걸어야 했습니다. 더 열심히 귀 기울여야 했습니다. 시 속의 꽃봉오리들이 자꾸만 머릿속에 맴돕니다.

서울 광화문 사거리에는 충무공 이순신 장군의 동상이 우뚝 서 있습니다. 그 충무공 동상에서 왼쪽으로 고개를 돌리면 교보빌딩 전면에 걸린 거대한 글판과 마주할 수 있습니다. 이른바 '광화문 글판'으로 불리는 그 대형 글판에는 철마다 때마다 좋은 글들이 새겨집니다.

그런데 외국인들은 그 글판을 보고 감탄합니다. 글의 내용도 내용이지만, 그렇게 시를 크게 써 붙이고 모두가 함께 즐기는 나라는 생전 처음 봤다는 것입니다. 그러면서 한국 사람들은 정말 시를 좋아하는 국민들 같다는 말을 연방 쏟아냅니다. 그렇습니다. 우리는 시인의 가슴을 가진 정말 아름다운 사람들입니다.

더 열심히 그 순간을 사랑할 것을……

모든 순간이 다아

꽃봉오리인 것을……

이 시는 정현종 시인의 「모든 순간이 꽃봉오리인 것을」 중 일부입니다. 여러분도 한번 음미해보세요.

이 시구의 의미가 무엇일까요? 그렇습니다. 미래를 고민하느라 오늘을 놓치는 일은 없어야 하고 과거를 후회하느라 오늘을 덧없이 보내는 일도 없어야 한다는 말입니다. 우리는 오늘, 바로 이 순간에도 이렇게 살아 있습니다. 늘 지금을 살고 있습니다.

아이들 국적을 왜 포기시킵니까? 아이의 10년 뒤, 20년 뒤를, 그 확정되지도 않은 미래를 위해 그런다고 하는데, 산다는 것은 여기서, 지금 이 순간에 사는 겁니다. 평생을 여기서도 못 살고, 외국에서도 사는 것이 아니게 만들지 마세요. 내가 살 인생 아니라고, 아이들 인생을 그렇게 멋대로 마음대로 주물러대지 마세요.

모두가 선생이다

양심보감 23

교과서를 내팽개치고 허연 이빨을 드러냅니다, 그르렁. 개와 10을 앞세워 광견처럼 달려듭니다, 으르렁. 바짝 세운 발톱으로 망설임 없이 스승의 그림자를 찢어발깁니다, 컹컹. 아비규환의 교실에서 대한민국 스승의 회초리는 이미 오래전에 부러졌습니다.

5월, 만물이 생동감으로 싱그럽게 무르익을 무렵이면, 스승과 제자의 싱그러운 미소가 더불어 피어올라야 할 스승의 날이 돌아옵니다. 그런데 언제부터인가 스승의 날은 더이상 스승의 날이 아닌 듯합니다.

제자가 대들고 학부모가 달려드는 요즘의 교실 안에서 선생님들은 그 어느 때보다 잔뜩 상처 입어 힘들어하고 있습니다. 우리 학생들의 교육을 책임지고 있는 선생님들이 그토록 힘겨워하며 의기소침해지는 것은 나라를 위해서도 절대 좋은 일이 아닙니다.

요즘의 우리 사회는 너나없이 아이들, 청소년들 교육을 전적으로 선생님들 몫으로만 돌리려고 합니다. 하지만 그것은 잘못된 생각입니다. 왜 선생님들에게 그 짐을 다 맡기려는 것입니까? 누구랄 것 없이 우리 모두가 선생입니다. 우리 모두가 함께 그 짐을 나눠야 하는 것입니다.

'길 가는 세 사람 중에 스승 한 사람이 있다'는 옛사람의 말씀도 있습니다. 무슨 의미일까요? 이는 사람은 누구에게나 배울 것이 있고, 그래서 누구나 스승이라는 이야기입니다. 세상 속에서 나이를 먹으면 다 같은 스승입니다.

스승의 날, 선생님들의 노고를 치하하고 감사해야 하는 일에 인색해서는 안 됩니다. 학교에서 아이에게 문제가 생겼다 하면 학부모들은 소매를 걷어붙이고 교무실로, 교실로 돌진합니다. 더러는 아이들 앞에서 선생님의 뺨을 올려붙이는 일도 있다는데, 제발 그러지 마세요.

예로부터 군사부일체라고 했습니다. 군주와 스승과 부모는 하나다. 여러분 모두 어떤 의미인 줄은 알고 있을 것입니다. 선생을 부모처럼 공경하라는 의미도 맞습니다. 그런데 여기 또 하나의 의미가 숨어 있는데, 바로 군사부가 한 배를 탔다는 뜻입니다. 다시 말해서, 선생님이 우습게 되면 부모 위상도 우습게 된다는 것입니다. 제발 제 얼굴에 침 뱉는 일은 삼가도록 하세요.

자비로운 세상 만들기

24 양심보감

분홍빛 연꽃등이 거리에 활짝 핍니다. 눈 밝힌 묵어등이 어둠을 가르며 살랑살랑 헤엄칩니다. 부처님 오신 날, 에밀레— 은은한 종등의 맑은 불빛이 사방으로 눈부시게 울려 퍼집니다. 세상을 불 밝히는 연등 꽃잎마다 자비가 초롱초롱 맺힙니다.

언제인가, 부처님 오신 날을 기념하는 음악회에서 김수환 추기경이 종교를 달리함에도 불구하고 법정스님과 함께하는 모습은 정말 보기 좋았습니다. 얼마나 감동적입니까?

옛날엔 종교가 다르면 서로 원수 보듯 했습니다. 그런데, 세상이 이렇게 달라진 것입니다. 서로 사랑을 실천하고 자비를 베푸는 세상이 만들어지고 있습니다.

여러분도 알다시피, 기독교에서는 사랑을, 불교에서는 자비를 말합니다. 그런데 종교가 없어도 사랑의 의미를 아는 사람들은 많은데, 자비의 진정한 의미를 아는 사람들은 적은 듯합니다.

자비란 불교식으로 풀어 말하면, '중생에게 행복을 베풀며 고뇌를 제거해주는 것'입니다. 또한 사전적 의미로서 국어사전 속의 자비는 '고통받는 이를 사랑하고 불쌍히 여김'으로 돼 있습니다. 하지만 왠지 가슴에 시원스레 와 닿는 풀이가 아닙니다. 그래서일까요. 큰스님들은 간명한 표현으로 자비를 이렇게 가리킵니다.

"자비란 같이 슬퍼해주는 것."

어떻습니까? 이번엔 가슴에 와 닿지 않습니까?

이 세상, 누구나 사랑을 베풀듯 누구나 자비를 베풀 수 있습니다. 꼭 돈이 많아 수십억, 수백억을 내놔야만 사랑을 베풀고 자비를 베풀었다고 여겨지는 것이 아닙니다. 남의 어려움을 모른 체하지 않고 그 고통, 그 슬픔을 같이 나누는 것이 바로 진정한 자비입니다. 자비로운 세상, 지금 주위를 한번 둘러보세요. 그리고 어깨동무를 하세요.

종소리의 비밀

잿빛 종소리의 희미한 파동이 허공에 부딪칩니다. 벽에 부딪칩니다. 창에 부딪칩니다. 포물선으로 되돌아온 종소리가 다시 충돌합니다. 깨져버릴 듯 종이 아프게 흔들릴수록 파동은 더욱 선명해집니다. 허공을 뚫고 벽을 뚫고 창을 뚫습니다. 파아란 종소리에 이목이 몰려듭니다.

종소리를 떠올려보라고 한다면 어떤 소리를 생각하시겠습니까? 성당이나 예배당의 종소리를 돌이켜 귀 기울이는 분도 있을 겁니다. 그 옛날 '학교 종이 땡땡땡'을 주워 담으며 학창시절을 더듬는 분도 있을 겁니다. 지게에 두부를 얹고서 굽이도는 골목길을 누비며 "두부 사려어—" 대신 흔들어 퍼뜨렸던 두부 장수의 종소리는 어떻습니까? 또는 산소리, 물소리, 바람소리에 녹아 찰랑이는 고즈넉한 산사의 종소리는 어떻습니까?

그런데 이런 종소리에는 비밀이 있습니다.

세상에는 수많은 종들이 있습니다. 저마다의 소리로 우는 그 종소리의 비밀이 무엇이겠습니까? 종소리가 세상 밖으로 더 멀리멀리 퍼져나가기 위해선 종이 그만큼 더 아파야 한다는 것입니다.

빈곤층이 5백만 명을 넘어섰다고 합니다. 거대한 성처럼 솟구치는 빌딩 숲 아래 그 어느 한편에선, 우리의 이웃들이 우리보다 더 슬피 울고 있습니다. 날마다 고통스레 목 놓아 울부짖고 있습니다.

골이 깊어야 산이 높은 법입니다. 마찬가지로 종이 아픈 만큼 종소리는 더 멀리 퍼져갑니다. 오늘의 힘듦이 내일의 밑거름이 될 것입니다. 모두 힘들 내세요.

내가 크는 법

탐스럽게 살 오른 열매를 하나 둘 던져줍니다. 머지않아 새싹이 돋을 것입니다. 알록달록하게 익은 나뭇잎을 흘려줍니다. 다가올 내일의 땅이 기름질 것입니다. 버짐 같은 살갗을 내어버리고 이제 다시 봄, 한 바퀴 더 돋 나이테를 속에 품고 나무는 한 자, 한 치가 더 커졌습니다.

징치를 하거나, 직장에 다니거나, 장사를 하거나, 무슨 일이 되었든 모두가 좀더 크고 싶어 안달입니다. 그런데 크고 싶어는 하지만, 제대로 크는 법을 잘 모르는 분들이 많습니다.

도력 높으신 분으로 유명한 청담스님을 기억합니까? 그 청담스님이 세상에서 '내가 크는 법'을 놓고 이렇게 말했습니다.

> "누워 자도, 장사를 해도, 정치를 해도 나를 위해서는
> 아무것도 할 일이 없다. 나는 망하고 내가 없을 때,
> 그리고 타인만을 위해서 살 때, 나는 자꾸 커져간다."

청담스님은 나를 위해서는 아무것도 할 일이 없다고 했습니다. 이게 무슨 뜻이겠습니까?

술 마실 때마다 욕심으로 과음합니다. 그런데 진정 나를 위한다면, 내 건강을 위한다면 어떻게 과음을 할 수 있겠습니까? 가족을 생각한다면 고주망태가 되도록 마실 수는 없습니다.

밥을 먹습니다. 식탐 때문에 과식들을 많이 하는데, 진정 나를 위한다면 만병의 근원인 과식을 어떻게 할 수 있겠습니까?

이렇듯 나를 위해 한다는 것은 따져보면 나를 위하는 일이 아닙니다. 나를 망치고 망가뜨리는 일입니다.

성경에는 이런 말씀이 있습니다.

'얻고 싶은 것이 있으면, 그것을 먼저 주어라.'

내가 크는 법. 이를 위해선 남을 먼저 키워야 합니다. 남을 먼저 위하는 것입니다. '타인만을 위해 살아갈 때, 나는 자꾸 커져간다'는 말, 잊지 마세요.

장사가 잘되는 집에 한번 가보세요. 그런 곳은 주인이 자기 자신보다 손님을 더 생각하는 집들입니다.

실패는 없다

흑백 링 안에서 연방 두들겨 맞습니다. 파나마 선수 엑토르 카라스키야의 강펀치에 자꾸만 고꾸라집니다. 그래도 오뚝이처럼 일어납니다. 다운은 KO패가 아닙니다. 사각의 작은 인생 위에서 상대방 펀치의 고통을 배우고는 회심의 일격을 날립니다. 그 순간, 4전 5기의 영원한 챔피언 홍수환이 탄생합니다.

요즘 우리 주변에 실패했다는 분들이 많습니다. 직장에 다니다 퇴출당한 사람들이 내뱉는 말이고, 신용카드를 쓰다가 빚더미에 올라앉은 사람들이 토해내는 말이며, 장사를 하다 망한 사람들이 울부짖는 말입니다. 그들뿐만이 아닙니다. 대학 졸업 뒤, 취직을 하지 못했으니 실패한 인생이라며 자기비하에 목매는 젊은이들도 있습니다.

하지만 우리 인생에 실패란 없습니다.

'내가 실패라고 생각하지 않는 한 이것은 실패가 아니다.
내가 살아 있고 건강이 있는 한 나에게

작고한 정주영 전 현대 명예회장이 쓴 『시련은 있어도 실패는 없다』라는 책 속의 구절입니다.

사람이 죽으면 학생이라는 말을 앞에 붙입니다. 학생 아무개 신위…… 뭐 이렇게 쓰잖아요. 왜 학생이라고 하겠습니까? 그것은 인생 자체가 학교이기 때문입니다. 평생 배우다 가는 것이 인생이니까요.

한번 생각해보세요. 학교 안에서 무슨 실패가 있겠습니까? 공부를 잘해서 시험 성적이 좋다고 그게 성공입니까? 공부 좀 안 해서 성적이 나빠진 게, 그것이 실패입니까? 학교에서는 실패나 성공이 따로 없습니다. 인생이라는 학교에서도 마찬가집니다. 성공과 실패가 아니라 오직 배움만 있는 것이 인생입니다.

성공했다는 사람들을 보세요. 그들에게 얼마나 배울 것이 있습니까? 오죽했으면 '실패는 성공의 어머니'라는 말이 나왔겠습니까?

지금 실패했다고 생각합니까? 그렇다면 거기서 배우세요. 그러면 실패가 아닙니다.

과적은 적

커브 길, 웃음꽃 만발한 승용차 반대편으로 화물차가 마주옵니다. 제 몸집보다 큰 짐을 싣고
왜틀비틀 곡예 운전을 합니다. 브레이크, 브레이크. 미끄러지는 화물차가 제 몸무게를 이기지
못하고 한바탕 뒹굽니다. 중앙분리대를 박차고 승용차 속 일가족을 덮칩니다. 주마등처럼 돌
아가는 필름이 서서히 멈춰섭니다.

눈부시도록 아름다운 신록이 푸른빛으로 온 세상을 물들이
면, 우리의 마음은 이미 산이며 들이며 호수며 자연 속으로 달아나
버립니다. 그렇게 휴일이 돌아올라치면, 한껏 마음먹고 가까운 곳
이든 먼 곳이든 나들이차 싱그러운 녹색터널로 질주하는 우리입니다.

그런데 상쾌한 나들이 와중에 우리는 잔뜩 실은 짐으로 기우뚱
한 차량들을 곧잘 발견하곤 합니다. 그냥 보는 것만으로도 얼마나
위태위태합니까? 그토록 과적한 차가 브레이크라도 밟아보세요.
길게 늘어난 제동거리 때문에 쉽게 서지 못할 테니, 기어코 사고가
터지고 말지요.

과적한 차량의 문제는 그뿐만이 아닙니다. 엄청난 무게 때문에

무리가 올 것이니, 차가 망가집니다. 그렇게 힘이 달리니 매연도 잔뜩 뿜어내지요. 대기를 오염시키는 요인의 상당 부분이 과적 차량 탓입니다. 곳곳에서 길목마다 과적 차량을 단속한다고는 하지만 과적 차량은 도무지 없어지질 않습니다.

그러나 길에는 과적 차량만 있는 것이 아닙니다. 과적하고 다니는 사람들도 많습니다. 고민을 한 아름 안고, 걱정을 한 짐 가득 어깨에 지고 다니는 사람들 말입니다.

과적 차량이야 화주가 실으라면 실을 수밖에 없습니다. 안 실으면 다른 차를 부를 테니, 어쩔 수가 없지요. 하지만 근심과 걱정의 짐은 우리가 화주입니다. 우리가 덜 수도 있고, 더할 수도 있습니다. 차에만 적정한 적재량이 있는 게 아닙니다. 우리에게도 우리가 감당할 수 있는 고민과 걱정의 양이 있습니다.

제발 과적하고 다니지 마세요. 꼭 필요한 고민과 걱정만 하세요. 지금 당장 필요 없는 고민과 걱정으로 과적한다면 어떻게 되겠습니까? 과적 차량에 일 터지듯, 사고가 날 수밖에 없습니다.

제대로 키우기

앙증맞은 잠풀을 손가락으로 톡 건드리며 상상의 식물 우츄프라카치아를 그립니다. 누군가의 첫 손을 타면 이내 죽는답니다. 그러고는 익숙해진 손길에 다시 살아난답니다. 한번 만진 이의 애정으로만 살아간다는 식물을 공상하며 다시 내 아이를 바라봅니다. 인위적인 손길 밖에서 자연스레 뛰노는 내 아이가 사랑스럽습니다.

어린이들은 우리의 미래이자 희망입니다. 그렇기 때문에 이들을 제대로 키우는 것은 당연히 우리 어른들의 책임이자 의무입니다.

왜 어린이를 어린이라고 부르는 줄 압니까? 어린이는 '어리다'는 뜻의 '어린'과 '사람'을 뜻하는 '이'가 합쳐져 만들어진 말입니다. 그래서 어린이 하면, 나이가 어린 사람을 의미한다는 것을 우리는 익히 알고 있습니다. 하지만 나이 든 사람들이 나이 좀 먹었다고 마음대로 멋대로 상대해선 안 되는, 이미 당당한 인격체가 바로 어린이이기도 합니다.

어린이를 흔히 꿈나무라고 합니다. 어린 나무를 한번 심었다고 생각해보세요. 그 심어놓은 나무를 그냥 두지 않고 뿌리 내리기도 전에 이리저리 옮기면 어떻게 되겠습니까? 대번에 말라죽습니다.

어린이를 새싹이라고도 합니다. 산마다 들마다 핀 새싹을 잡고 흔들어보세요. 그 새싹이 어떻게 되겠습니까? 누렇게 질려 말라비틀어지지 않겠습니까? 우리 어린이들도 마찬가집니다.

어린 나이에 어울리지도 않는 자기 덩치만 한 가방을 메고 이 학원 저 학원으로 끌려 다니는 모습을 보세요. 조금만 더 크면 또 어떻습니까? 변덕이 죽 끓듯 매년 바뀌는 입시제도가 사정없이 흔들어놓지 않습니까?

이렇게 당하면서 자란 어린이들이 나중에 어른이 되어서 자식을 낳아 그 고생을 시키려고 하겠습니까?

지금 아이를 안 낳아 인구가 줄어들고 있답니다. 아이를 낳을 젊은 사람들, 생각해보면 그런 환경에 신물이 난 세대입니다. 어려서부터 너무 힘들게 자라온 탓에 자식들을 안 낳는 것은 아닌지, 문득 그런 생각이 드는군요.

아이는 아이답게 키워야 합니다.

사람을 사랑하자

누추한 농가를 향해 마흔일곱의 선제 유비가 산과 들을 가로질러 나아갑니다. 스물일곱의 미천한 청년을 찾아 나섭니다. 삼고초려. 물고기와 물이 만난 초가집에서 세 번의 인내심으로 젊은 미래의 영웅을 시종일관 사모합니다. 감동한 제갈량, 적벽대전의 역사는 그렇게 시작됩니다.

인간에게 가장 중요한 것이 무엇이겠습니까? 돈이겠습니까? 아닙니다. 권력이겠습니까? 그것도 아닙니다. 이념이겠습니까? 그것도 아닙니다. 그럼 사람에게 정말 중요한 것이 무엇이겠습니까? 그것은 사람입니다.

삼국지에서 유비가 주인공이 될 수 있었던 이유가 유비의 재력 때문이었겠습니까? 유비는 돗자리를 짜서 생계를 유지할 정도로 알거지였습니다. 그렇다면 재능이나 능력 때문이었겠습니까? 재능이나 능력이 있었다면 왜 돗자리를 짜고 있었겠습니까?

유비가 삼국지의 유비가 될 수 있었던 것은 그가 거둔 관우, 장비 그리고 상산땅의 조자룡과 제갈공명 때문입니다.

우리는 사업을 한다, 벤처를 한다, 창업을 한다, 이리 뛰고 저리 뛰고들 합니다. 그런데 한 가지 기술만 믿고, 혼자의 능력만 믿고 아무리 뛰어보세요. 절대로 성공하지 못합니다.

세상의 일류 기업들을 보세요. 빌 게이츠가 세운 마이크로소프트사가 그렇고, 요즘 mp3플레이어로 유명해진 스티브 잡스의 애플사도 그렇고, 우리의 삼성이나 엘지 그리고 현대도 매한가지입니다.

이들 기업에는 한결같은 공통점이 있습니다. 바로 사람입니다. 예컨대 폴 앨런이니, 스티브 워즈니악이니, 홍씨 일가니, 허씨 일가니 하는 창업공신들이 곁에 있었던 것입니다. 사람이 있었기 때문에 그런 성공을 일군 것입니다.

꽃보다 아름다운 것이 사람입니다. 돈보다 더 귀한 것이 사람입니다. 권력보다 더 믿을 만한 백그라운드가 바로 사람입니다.

사람을 사랑하세요. 그러면 유비처럼 될 수 있고, 재벌도 될 수 있습니다.

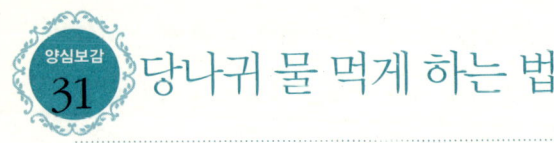

당나귀 물 먹게 하는 법

저 푸른 초원 위에 그림 같은 학교가 활짝 문을 열었습니다. 학교에는 울타리도 높다란 벽도 없습니다. 푸르른 언덕마다, 새파란 풀잎마다 달팽이 같은 아이들이 느릿느릿 꿈을 탐닉합니다. 경쟁이 뭐예요? 고개를 갸웃거리며 어깨동무한 아이들이 사이좋게 희망을 따먹습니다.

우리의 교육제도 중 특히나 입시제도는 정말로 말이 많습니다. 얼마 전, 엎치락뒤치락 오락가락하는 대학입시 때문에 급기야 스트레스를 받은 고등학교 1학년 학생들이 촛불시위를 벌이느니 마느니 했었습니다. 고등학생들이 대규모 시위를 벌이겠다는 말은 4·19 혁명 이후 처음 들어보았습니다.

교육이란 희망입니다. 어떤 교육이든 그것은 꿈으로 가득한 희망을 줄 수 있어야 합니다. 하지만 우리 교육을 보세요. 입시제도가 희망은커녕 절망을 주고, 꿈을 꾸게 하기는커녕 꿈도 못 꾸게 만들고 있지 않습니까? 이러니 아직 발등에 불이 떨어지지도 않은 학생들마저 촛불 시위를 하네 마네 하는 소리가 나오는 것입니다.

우리네 교육비가 얼마나 됩니까? 공교육비와 사교육비를 합하면 수십 조에 이르니, 전 세계에서 이만한 돈을 교육에 쏟아 붓는 나라는 별로 없을 것입니다. 하지만 그 돈을 쏟아 부은 결과는 참담할 뿐입니다. 한마디로 영양가 없는 교육, 부가가치 없는 교육이라 해도 과언이 아닙니다. 부실교육이라는 말이 딱히 틀린 말도 아닙니다.

왜 이런 결과가 나오는 것이겠습니까? 공부하는 학생들이 즐겁지 않아서입니다.

당나귀를 물가에 끌고 갈 수는 있습니다. 하지만 억지로 물을 먹일 수는 없습니다. 당나귀가 먹고 싶어야 먹는 거 아니겠습니까? 당나귀가 물을 안 먹을 때, 빛깔 좋은 새하얀 소금을 한 움큼만 먹여 보세요. 그러면 바로 물가로 내달려 물을 벌컥벌컥 마시게 돼 있습니다.

우리 교육의 현실은 안타깝다고 말만 해서 해결될 문제가 아닙니다. 소금 한 줌이면 되는데, 웬 돈을 그렇게 쏟아 부어야 하는 것입니까? 희망 하나만 건네주면 되는데, 왜 그것을 못 주느냐 이 말입니다.

왜 효도해야 하는가

명심보감이 감탄합니다. 하루 종일 충효를 생각하는 그대, 사람들이 알지 못할지라도 하늘은 반드시 알 것이다. 명심보감이 나무랍니다. 배불리 '처' 먹고 따뜻하게 '처' 입으며 안락하게 제 몸만 '처' 위하는 이 '개나리'는 비록 편안할 것이나, 또 그 새끼들이 어찌 되겠는가.

2500년 전, 동양의 위대한 성인 공지는 효를 인간의 가장 중요한 덕목으로 꼽았습니다. 공자가 왜 그랬겠습니까? 세상을 살면서 그만큼 효가 중요한 일이라 그런 것입니다.

출세하고 싶습니까? 방법이 있습니다. 성공하고 싶습니까? 방법이 있습니다. 돈을 많이 벌고 싶습니까? 방법이 있습니다. 그 방법이란 효를 행하는 것입니다.

얼마 전, 대구의 한 공무원이 산삼을 캐 횡재했다는 뉴스가 있었습니다. 그 공무원은 부모님 꿈을 꾼 뒤 그런 횡재를 했다고 합니다. 전문적으로 산삼을 캐는 사람을 흔히 심마니라고 하지요. 그런데 이 심마니들이 제일 무서워하는 게 있습니다. 산에 사는 맹수들일까요? 아닙니다. 독사나 독초들일까요? 역시 아닙니다. 그들이 제일 무서워하는 존재는 바로 효자입니다. 이 산삼을 효자들에게 보이면, 그 약효가 그냥 그들에게 쪽 빨려가 버린다고 합니다. 효를 행하면 이렇게 세상의 모든 것들이 효자를 알아보고 도움을 준다고 합니다.

풍수지리라는 것이 있습니다. 대통령이 되려고 출마한 후보 중에는 조상 묏자리를 다시 쓴 사람도 있고, 묏자리를 바꾼 뒤 실제로 대통령이 된 사람도 있습니다. 조상 묏자리를 잘 써야 출세하고 돈 벌고 성공한다고 해서 좋은 묏자리를 찾는 사람들이 많습니다.

풍수지리를 좇아 좋은 묏자리를 쓴다는 게 무엇입니까? 결국 효입니다. 이렇듯 출세하고 돈 벌어 성공하는 최상의 비결은 바로 효를 행하는 것입니다. 여러분, 효자들 되세요.

33 정을 나누는 세상

쿵쿵, 상큼한 세상이 먹음직스럽습니다. 와삭, 담백한 세상 한 조각이 고소합니다. 쟁그랑, 달콤한 세상 한 모금이 입 안 가득 퍼집니다. 권커니 잣커니, 향기로운 세상에 발그레해집니다. 거나하게 오른 당신, 맛있는 세상 한 조각을 잊지 않고 또 나눠 먹습니다.

같은 하늘 아래 어디에선가 함께하고 있습니다.

'사람 사는 정을 심는 복지회'에 대해 들어보았습니까? 박수를 쳐주세요.

왼손 몰래 오른손을 쓰는 사람들을 본 적이 있습니까? 돌아다보세요. 묵묵히 남을 돕는 사람들이 지금 이 땅 어디에선가 함께하고 있습니다. 너나없이 모두 박수를 쳐주세요.

그저 그런 요식행위로 뜬금없는 박수 타령을 하는 게 아닙니다. 잘 살펴보면, 좋은 일들이 곳곳에서 오가고 있습니다. 그러니 세상은 살 만합니다. 따뜻한 세상, 박수 칠 만하지 않습니까? 박수를 치세요. 그러면 우리도 세상의 좋은 일을 공유하는 것입니다.

성경에서는 God Is Love, 신은 곧 사랑이라고 했습니다. 사랑이 그만큼 중요하다는 말입니다. 그런데 세상에는 사랑보다 더 소중한 것이 있습니다.

바로 정입니다. 그럼 정은 과연 무엇이겠습니까? 정은 '아니 잊고자 함'입니다. 서로 잊지 않으려고 하는 것이 정입니다.

돈 좀 벌어 출세 좀 하고 힘 좀 생겨보세요. 개구리 올챙이 적 생각 못 하고, 고마워해야 할 사람들, 감사해야 할 사람들을 잊고 마는 것이 세상입니다.

하지만 자신도 어려운 와중에 좀더 어려운 이웃을 잊지 않고 찾아다니는 사람들이 있기 때문에 세상은 그래도 아름답다고 하는 것입니다.

정을 심는 세상, 정겨운 세상을 만들어가는 사람들에게 우리는 감사해야 합니다. 세상에서 가장 불행한 사람은 잊히는 사람입니다. 서로를 잊지 않고 정을 나누며 사는 사람, 세상에서 제일 행복한 사람이 되세요.

천국 가기

칠흑처럼 어두운 곳, 늪처럼 칙칙한 굴을 기어나갑니다. 앞으로 앞으로 굵직한 빛줄기를 향해
기어갑니다. 저만치 머리통만 한 구멍이 눈부십니다. 거의 다 왔습니다. 짐 보퉁이를 내놓습
니다. 다 벗어버립니다. 이것은 다음 사람 몫입니다. 점점, 내 몸이 구멍에 얼추 맞춰들어 갑
니다.

이 땅의 개신교, 불교, 천주교 등 종교를 가지고 있는 사람들
의 수를 합하면 전체 인구보다 많다고 합니다. 왜 그렇겠습니까? 이
유는 간단합니다.

어떤 사람에게 물어봅니다.

"왜 교회에 나갑니까?"

"천국에 가려고요."

고개를 갸웃거리며 다시 물어봅니다.

"그렇다면 절에는 또 왜 갑니까?"

"천국에 가기 힘들면 극락에라도 가려고요."

딱히 이 사람만 그런 것은 아닙니다. 필연으로 한 번은 겪어야 할

이승과의 이별, 이왕 갈 바에는 천국이나 극락에 가고 싶은 것이 인지상정입니다.

얼마 전, 한 설문조사에서 우리 국민의 69% 이상이 종교가 없어도 극락이나 천국에 갈 수 있다고 답했습니다. 남을 이롭게 하고 좋은 일을 하면 누구나 천국에 갈 수 있다는 생각인데, 이렇듯 우리 국민은 정말 지혜롭고 아름다운 사람들입니다. 천국으로 가는 비밀을 아는 위대한 민족입니다.

부자가 천국에 가기는 낙타가 바늘구멍을 통과하는 것과 같다는 말이 있습니다. 이 말 속에 천국 가는 비밀이 숨어 있습니다. 천국의 문은 좁은 문입니다. 그 좁디좁은 문을 통과하려면 어떻게 해야겠습니까? 낙타 등에 짐 싣듯, 차 위에 짐이며 돈 보따리 등을 잔뜩 지고는 통과할 수 없는 겁니다.

어차피 가지고 못 갈 거라면 남과 나누고, 어려운 이웃에게 내어주고, 그렇게 우리가 가진 짐을 덜 때, 비로소 그 좁은 문을 통과할 수 있습니다. 이것이 천국의 좁은 문을 통과하는 기술입니다.

부자란 무엇인가

사진 속의 미스터 코리아 챔피언이 부럽습니다. 큼지막한 역기 아래로, 스포트라이트 받은 근육들이 풍요롭게 갈라졌습니다. 거울 속의 내 모습은 한 마리의 궁핍한 실뱀입니다. 객기로 커다란 역기를 챔피언처럼 들어올립니다. 하나, 둘, 캑. 별이 반짝합니다. 150킬로그램, 사진 속의 숫자가 고꾸라집니다.

전국적으로 부동산 투기 바람이 불고 있습니다. 언젠간 터지고 말 거라는 장밋빛 희망을 남발하며 빚으로 부동산 투기 대열에 끼어드는 개미들도 많다고 합니다. 앉으나 서나 부자 생각. 그렇게 너나없이 부자 타령을 하는데, 부자가 무엇인지도 모르고 달려드는 것 같아 큰 문제입니다.

우리나라 사람들은 재산 10억 원에, 현금 1억 원이 있으면 부자라고 생각한다는 설문조사를 본 적이 있습니다. 하지만 그만한 돈이 수중에 들어온다 할지라도 부자가 되는 것은 아닙니다. 부자가 되기 위해서는 그 외에도 갖추어야 할 것이 많습니다.

물을 병으로 한 병 들기는 쉽습니다. 하지만 큼지막한 대야로 들어보세요. 누구나 쉽게 들지 못할 겁니다. 책 한 권은 들기 쉽습니다만 책 천 권은 천하장사라도 들기 힘듭니다. 돈 1천만 원, 1억 원은 들 만합니다. 하지만 수십억 원이라면 이야기는 달라집니다. 그 돈 들겠다고 달려들었다가 깔려 죽을 수도 있습니다.

다시 말해서 부자란 돈이 많은 사람이지만 그 돈의 무게를 감당해야 부자가 되는 겁니다. 그것을 감당하지 못하면 어떻게 되겠습니까? 돈에 치이고 깔리고 해서 망가지고 맙니다.

칼보다 무서운 게 돈이라고 합니다. 귀신보다 무서운 게 돈이라고 합니다. 부자 되는 거, 무작정 좋은 것만은 아닙니다. 복권 1등에 당첨된 사람 치고 잘된 사람이 별로 없다는 게 바로 그런 이치입니다.

36 말이 돈이다

입이 나풀나풀 방정 떱니다. 주책없는 인격이 튕겨나갑니다. 교만한 입술 밖으로 재수가 도망 갑니다. 잘근대는 윗니와 아랫니 사이로 관계가 끊깁니다. 막무가내 입방정이 튀어나올 때마 다 천 냥 빚이 혓바닥에 들러붙습니다.

말 한마니에 군대에서는 대형사고가 터지고, 말 한미디에 부동 산 값이 널뛰고, 말 한마디에 남북관계가 온탕 냉탕을 넘나듭니다.

'말로써 말 많으니 말 말을까 하노라'라는 고시조도 있지만 세상 에 말만큼 중요한 것이 없습니다. '태초에 말씀이 있었다'는 구약성 경의 말씀도 있고, '발 없는 말이 천 리를 간다'는 속담도 있습니다.

이렇게 따지고 보면 세상에는 말에 관한 말들이 정말 많습니다. 그런데 그중 오늘 우리가 주목해봐야 할 말이 바로 '말 한마디에 천 냥 빚을 갚는다'는 속담입니다. 왜 우리가 이 속담에 주목해야 할까 요? 바로 쓸데없는 말을 하지 않기 위해서입니다.

말 한마디에 천 냥 빚을 갚는다는 속담을 뜯어보자면, 말 한마디로 천 냥 빚을 번다는 말도 됩니다. 빚을 갚았다는 게 돈을 벌었다는 뜻 아니겠습니까? 시간은 돈이라고 하는데, 이렇듯 말 또한 돈입니다.

말 때문에 문제가 생겨보세요. 상대방의 말 한마디를 문제 삼아 국회가 공전하면 하루에 십수 억씩 까먹게 되는 겁니다. 한국은행 총재가 말 한마디 잘못해보세요. 달러 환율이 엎치락뒤치락 난장판이 돼 엄청난 혼란이 야기될 것입니다.

말 한마디에 천 냥 빚을 갚을 수도 있지만, 그 말 한마디에 천 냥 빚을 질 수도 있습니다.

부자가 되고 싶으면 박수를 치자

삶의 한가운데 서서 박수를 칩니다. 스치는 모든 이들에게 박수를 보냅니다. 나를 비운 손뼉으로 정성껏 마주합니다. 박수 소리에 맞닿은 이들이 눈을 돌립니다. 이번엔 그들이 박수를 쳐줍니다. 메아리로 돌아오는 박수들이 풍성하게 나를 채워줍니다.

박수를 치년 부사가 된냐? 용하다는 짐쟁이가 사주에 부자 팔자 처박혔다는데도 부자 안 되더라, 그런데 박수 치면 부자가 될 것이라니 지금 사기 치느냐며 볼멘소리로 따지려는 분들도 있을 것입니다. 하지만 거짓말이 아닙니다. 그 박수 소리만 들어도 부자가 될 만한 사람인지 아닌지를 알 수 있는 게 사실입니다.

박수가 부자와 무슨 상관이 있느냐고요? 박수란 남을 칭찬하고, 남을 위하고, 남을 배려하는 행동입니다. 다시 말해서 넘어진 사람을 일으켜 세워주고, 목마른 사람에게 물 한 사발을 떠주는 행위와 똑같은 것입니다. 내 것을 덜어내 남에게 퍼주는 것과 똑같은 행동입니다.

사주팔자가 무엇입니까? 그 사람의 그릇을 말하는 것입니다. 사람 팔자가 모두 다르듯 그릇의 모양 또한 그 쓰임새에 따라 큰 그릇, 작은 그릇, 물그릇, 밥그릇 등 천차만별입니다.

그런데 그릇이 그릇 노릇을 하려면 어떠해야 할까요? 아무리 좋은 그릇이라도 가득 차 있으면 그릇 노릇을 하지 못합니다. 비어 있어야 그릇인 것입니다.

저마다의 그릇은 세상에 단 하나뿐인 아름다운 것입니다. 하지만 그 그릇으로 무엇을 푸거나 담으려면 빈 그릇이어야 합니다. 덜어내지 않고 뭐든 가득 차 있으면 그것에 채울 수가 없습니다.

세상에는 욕심으로 가득 친 그릇도 있고, 시기심으로 가득 찬 그릇도 있고, 실의와 절망으로 가득한 그릇도 있습니다. 가득 채워져 있으면 더이상 채워질 것이 없습니다.

자꾸 비워내세요. 자꾸 퍼주세요. 내가 먼저 웃는 웃음, 내가 먼저 치는 박수로 그렇게 시작하세요.

여러분, 부자 되고 싶습니까? 그러면 박수를 많이 치세요.

기브 앤 테이크

나르키소스의 샘을 들여다봅니다. 보기 싫은 얼굴에 인상을 잔뜩 씁니다. 샘의 얼굴도 보기
싫다, 인상을 찌푸립니다. 샘 속의 얼굴이 고개를 듭니다. 다시 내려봅니다. 보기 좋은 얼굴에
미소를 짓습니다. 샘 안의 얼굴도 살포시 웃습니다.

세상은 그냥 굴러가는 데가 아닙니다. 이 세상에도 굴러가는
법칙이 있습니다. 그 법칙 중 가장 중요한 것이 바로 '기브 앤 테이
크'입니다. 이 기브 앤 테이크의 법칙만 알면 세상 그 무엇도 두려
울 것이 없고, 세상 살기가 참 편해진다고 합니다.

그런데 기브 앤 테이크, '주고받는다'라는 이 간단한 법칙이 알고
보면 절대로 간단치가 않습니다. 기브 앤 테이크의 법칙을 안다고
하는 사람들에게 물어보면 절반도 모르면서 아는 체하는 경우가
많습니다. 세상의 수많은 경구들은 바로 이 기브 앤 테이크에서 비
롯된 것입니다.

'세상에 구할 게 있으면 먼저 그것을 내주라'는 성경 말씀이 있습니다. 이게 무엇을 말하고자 하는 것이겠습니까? 바로 기브 앤 테이크입니다.

'가는 말이 고와야 오는 말이 곱다'는 우리 속담이 무엇을 가리키겠습니까? 바로 기브 앤 테이크입니다.

'콩 심은 데 콩 나고, 팥 심은 데 팥 난다'는 말이 있습니다. 압축하면 무엇이 되겠습니까? 이 역시 기브 앤 테이크입니다.

이렇게 기브 앤 테이크가 변신한 말 중에 우리가 절대 잊어서는 안 되는 말이 있습니다. '내가 바다를 우습게 알면 바다도 나를 우습게 안다'는 말입니다. 내가 상대방을 우습게 알면, 상대방도 나를 우습게 봅니다. 이것이 세상 이치입니다.

내가 더위를 우습게 알면 더위도 나를 우습게 알 것입니다. 내가 세상을 미워하면 세상도 나를 미워하고, 내가 세상을 사랑하면 세상도 나를 사랑하게 되어 있습니다.

국민이 정치인들을 우습게 본다고 볼멘소리를 하는데, 혹 정치인들이 먼저 국민을 우습게 본 것은 아닌지, 기브 앤 테이크의 시간을 가져보세요.

가장 귀중한 재산

남들이 미처 깨어나지 않은 샐녘, 마법의 물방울이 손아귀에 송골송골 맺힙니다. 가는 길마다, 가는 곳마다 물방울을 쏘아 터뜨립니다. 쉬지 않고 물방울을 흩뿌립니다. 그러면 마법에 걸린 성공이 다가옵니다. 마법의 물방울은, 그래서 유일한 나의 재산입니다.

6월의 신록은 참으로 눈부십니다. 이 녹색 자연은 우리의 귀중한 재산입니다. 언제부턴가 한반도에도 이상기온이 나타난 탓에 더러 날씨가 들쭉날쭉하긴 해도 봄·여름·가을·겨울이 뚜렷한 만큼 이 사계절 또한 우리의 귀중한 재산입니다.

기름 때문에 오일달러가 넘친다는 중동에 한번 가보세요. 모래먼지만 날리는 그곳의 기름과 우리의 사계절을 바꾸라면 여러분은 바꾸겠습니까? 못 바꿉니다. 설령 바꾸고 싶다 해도 이 땅이 어떤 땅입니까? 우리 선조들이 피로 지켜 물려준 땅인데 절대로 바꿀 수가 없지요. 이렇게 따지고 보면 우리의 재산은 정말 엄청납니다.

그런데 많은 사람들이 모르고 사는, 우리에게 가장 귀중한 재산이 있습니다.

우리 주위에는 공부로 성공하려는 사람들이 많을 겁니다. 장사로 성공하려는 사람들도 당연히 많을 겁니다. 어떤 사람은 운동으로, 어떤 사람은 기술로, 무엇을 하든 간에 누구나 성공에 대한 열망을 가슴속에 품고 있습니다.

그런데 이런 성공을 누구에게나 가능케 하는 마법의 물건이 있다면, 이는 정말 귀중한 물건이자 최고의 재산일 것입니다. 마법의 물건이라고 표현하니, 그게 무엇이고, 누가 가지고 있고, 얼마면 살 수 있는지를 궁금해할 분들이 많을 것입니다.

마법의 물건, 그 가장 귀중한 재산은 누구나가 다 가지고 있으며 돈도 필요 없습니다. 그게 무엇이냐고요? 바로 땀입니다.

성공하는 것, 그렇게 어려운 일만은 아닙니다. 남보다 조금만 더 땀 흘려보세요. 성공할 것입니다.

축구에서 인생을 배운다

하프라인을 넘어 골대를 향해 질주합니다. 거친 태클을 훌쩍 뛰어넘습니다. 바짝 독 오른 손길이 유니폼을 은근슬쩍 잡아챕니다. 두방망이질하는 숨이 턱까지 차오릅니다. 골에어리어, 태클과 태클에 휘청거리며 회심의 동점 슛을 날립니다. 다시 또 달려야 합니다. 이제 곧 역전입니다.

진 세계 60억 인구가 제일 좋아하는 스포츠는 바로 축구입니다.

국가 A매치 혹은 자국 리그의 어떤 경기가 벌어질라치면, 선수들 발끝에서 놀아나는 지름 22센티미터의 작은 축구공에 온 관중의 눈이 쏠립니다. 전·후반 90분 내내, 환호와 탄성과 한숨이 축구 경기장을, 또는 TV 브라운관을 미치도록 넘나듭니다.

왜 그토록 많은 사람들이 축구에 열광하는 것일까요? 그 이유는 축구에 우리 인생이 담겨 있기 때문입니다.

축구에는 수많은 인생의 지혜가 담겨 있습니다. 그중 첫손가락으로 꼽히는 지혜가 '골키퍼 있다고 골 안 들어가느냐'는 말입니다.

이를 이상하게 해석하는 사람들도 더러 있지만, 이 말의 진중한 의미는 장애가 있어도 땀 흘려 뛰면 그 장애도 능히 뛰어넘을 수 있다는 것입니다.

또 많이들 이야기하는 단골 지혜 중 '한 골 먹었다고 게임 끝난 게 아니다'라는 말이 있습니다. 한 골을 먹었으면 두 골을 넣으면 되는 것이 축구입니다. 우리에게 시련이 닥쳤다고 해서 인생이 끝장난 것처럼 절망하지 말라는 의미입니다.

이렇게 삶의 지혜를 배워가며 뛰고 또 뛰는 것이 축구이듯, 뛰고 또 뛰어야 하는 것이 인생입니다. 세상사 무엇이든 앉아서 편히 되는 것은 없습니다. 대기업 총수는 뛰는 게 모자라 자가용 비행기로 날아다니고, 동네 야채가게 주인은 값싼 물건을 찾아 새벽같이 뜁니다. 학생들은 이 학원 저 과외 때문에 뛰어다니고, 정치인은 민생 속으로 뛰어들어야 합니다.

인생이란 다른 게 아닙니다. 축구처럼 계속 뛰고 또 뛰다보면 기회가 오고, 그 기회를 살리면 성공하는 것입니다. 가슴이 터져라 헉헉거리며 뛰고 또 뛰는 것이 축구이고 인생입니다.

캔디를 지키자

양심보감
41

뿌리째 뽑힌 꽃 한 송이가 뒹굽니다. 소박하도록 단아한 꽃잎들은 이미 먼지투성이에 상처투
성이입니다. 누구의 손길에 꺾였을까. 가시 쏠려 축 늘어진 줄기 틈새로 수액을 뚝뚝 흘립니
다. 허허벌판에 홀로 누운 채 흐느낍니다. 외롭다, 슬프다, 들장미가 엉엉 웁니다.

들장미 소녀 캔디를 기억합니까?

외로워도 슬퍼도 나는 안 울어.

참고, 참고 또 참지 울긴 왜 울어—.

이 노래의 주인공 캔디는 이 사회 3,40대 구성원들이 어렸을 적
에 함께했던 친구였습니다. 힘들고 외롭고 슬퍼도 항상 웃는 캔디
는 우리의 누이이자 친구이자 착한 동생이었습니다. 그런데 요즘,
이 캔디가 너무도 힘들게 세상을 살고 있습니다.

외로워도 슬퍼도 나는 안 울어.

참고, 참고 또 참지 울긴 왜 울어—.

이렇게 착하게 사는 캔디를 세상이 마냥 울리고 있는 것입니다.

경비업체의 잘못으로 무려 40억 원대의 난을 도난당한 사람이 있었습니다. 얼마나 억울했겠습니까? 그래서 계약서대로 잘못한 경비업체에 10억 원의 배상을 요구했습니다. 그러자 경비업체에서는 비싼 난을 금고에 안 두고 그냥 비닐하우스에 뒀기 때문에 배상할 수 없다며 버티더랍니다. 이게 무슨 귀신 씻나락 까먹는 소리도 아니고, 난을 어떻게 금고에 놓고 키울 수 있겠습니까? 그래서 운 겁니다. 소송을 걸고 법정에서 계속 운 겁니다. 그리하여 10억 원을 배상하라는 판결이 나올 수 있었던 겁니다.

그뿐만이 아닙니다. 운전 중 돌이 날아와 사고가 났습니다. 그래서 보험금을 달라고 했더니, 보험회사에서는 운행 중 일어난 사고이기는 하지만 운행에서 비롯된 사고가 아니라는 김밥 옆구리 터지는 소리를 해가며 보험금을 안 주더랍니다. 그래서 역시 운 겁니다. 금융감독 분쟁위원회에 가서 계속 운 겁니다. 그리하여 보험금을 주라는 판결이 나올 수 있었던 겁니다.

'우는 놈 떡 하나 더 준다'는 속담이 있습니다. 하지만 세상에는 캔디처럼 사는 사람들이 많습니다.

울지 않으면 쳐다보지도 않고 관심도 안 보이는 세상, 우리 사랑 캔디가 살 수 없는 세상. 이런 세상으로 가면 안 됩니다. 그러면 캔디가 너무 불쌍하지 않습니까.

삼순이에게 배우는 인생의 지혜

자기감정을 속이고 있는 삼식이를 향해 당당하게 묻습니다. 너, 나 좋아해? 오늘 너 얼마나
수상한지 알어? 내 타입 아니다, 거짓말하며 당황해하는 삼식이를 삼순이가 당당하게 노려봅
니다. 너도 내 타입 아니야. 왠 줄 알어? 솔직하지 못하거든.

많은 박수갈채를 받으며 대단원의 막을 내렸던 드라마 「내 이
름은 김삼순」을 기억할 것입니다. 이 드라마를 시청하겠다며 한 주
를 벼르던 노처녀들이 그렇게들 많았다고 합니다. 노처녀들뿐만이
아닙니다. 생전 드라마와는 담쌓고 살던 사람들도 이 드라마에 빠
져 열혈팬이 됐다는 이야기가 심심찮게 들렸습니다.

그렇다면 왜 「내 이름은 김삼순」이 시청률 50퍼센트에 육박하는
전 국민적인 인기를 끌었을까요? 바로 그 비결을 배운다면 우리 모
두, 특히 국민들에게 사랑받고 싶어 안달이 난 정치인들에게 큰 도
움이 될 것입니다.

삼순이의 인기 비결은 단 하나입니다. 그것은 삼순이가 정정당당했기 때문입니다. 쑥떡을 먹어야 할 만한 상대에게는 쑥떡을 먹입니다. 백수가 되었을 때 연적한테 커피 값을 내라고 해야 할 상황이 오면 삼순이는 이렇게 말합니다.

"난 백수라 돈 없다. 니가 돈 내라. 그래서 미안한 마음에 싼 거 시켰다."

그만큼 솔직하고 당당했습니다.

사랑하는 상대는 돈 많고 잘생긴 기생오라비 같은 청년입니다. 그런 상대가 자신을 좋아한다는데, 어느 노처녀가 거기다 토를 달겠습니까? 하지만 그가 5천만 원짜리 수표를 찢자 주저 없이 한마디합니다.

"뭐 이렇게 생겨먹은 게 다 있어?"

잘못된 것은 잘못됐다 말하고, 아닌 것은 아니라고 하는 삼순이. 그래서 우리는 그토록 삼순이를 사랑했던 것입니다.

국민의 사랑을 받고 싶어 환장한 이들이 있습니다. 국민의 마음을 사로잡고 싶어 안달이 난 사람들이 있습니다. 삼순이에게 배우세요. 삼순이의 반절만 따라가도 큰 사랑을 받을 것입니다.

자나 깨나 부메랑 조심

비행 거리가 짧아 밋밋한 삼각 부메랑에 싫증이 납니다. 애꿎은 날개 하나를 부러뜨립니다. 매끄러워진 부메랑이 한층 날렵하게 보입니다. 허공을 향해 힘껏 던집니다. 더 멀리 돌아가는 부메랑이 일순간 시야에서 도망갑니다. 별이 번쩍합니다. 부메랑이 뒤통수를 내리쳤습니다.

경제용어 중에 '부메랑 효과'라는 말을 들어봤을 것입니다. 개발도상국의 현지생산품이 선진국에 역수출되어 해당산업과 경합을 벌이는 현상을 일컫는 말입니다.

당장 김치를 예로 들 수 있습니다. 우리 김치 업체가 생산비 절감을 위해 중국으로 생산 공장을 옮겼습니다. 그랬더니 어떻게 됐습니까? 얼마 지나지 않아 중국산 김치가 되돌아와 우리 김치산업의 뿌리마저 위협하고 있지 않습니까. 이런 것을 부메랑 효과라고 합니다.

작은 이익을 노리다가 큰 손실을 보는 이 부메랑 효과는 경제에만 있는 것이 아닙니다. 우리가 사는 세상 어디를 가도 이 효과를 찾아볼 수 있습니다.

아파트의 일부 부녀회에서 전단지를 날리고 있습니다. 여러분도 이런 식의 전단지를 본 일이 있을 겁니다.

"우리 아파트는 평당 1300만 원 이상을 받아냅시다!"

그런데 이 전단지를 돌린 부녀회원들은 부메랑 효과를 잊어서는 안 될 것입니다. 아파트 가격을 평당 1300만 원으로 올려보세요. 지금 당장은 돈을 버는 것 같지만, 나중에 돈 벌어서 이사 갈 때를 생각해보세요.

중형차 몰다가 소형차는 몰지 못합니다. 그럴 경우는 대개 망했을 경우입니다. 마찬가지로 큰 집에서 살다가 작은 집에서는 못 삽니다. 망하지 않고서야 집을 줄여 갈 이유는 거의 없으니까요. 그러니 지금의 아파트를 팔고 평수를 넓혀 이사 갈 때를 생각해보세요. 평당 1300만 원으로 올려 받았던 시원찮은 아파트보다 더 좋은 아파트, 더 큰 평수의 아파트는 1300만 원보다 더 많이 올라갔을 거 아닙니까? 그렇게 고집을 부려 올린 결과가 부메랑처럼 되돌아와 우리의 뒤통수를 후려칠 것입니다.

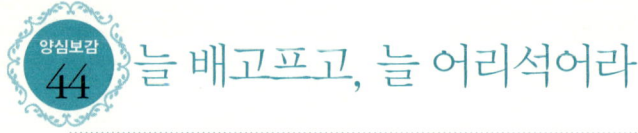

44 늘 배고프고, 늘 어리석어라

나관중의 『삼국지연의』를 펼칩니다. 가난한 왕족 유비가 우유부단하도록 따뜻한 성품으로 또 갈등합니다. 이를 어찌해야 할 것인가, 어찌한단 말인가, 무엇이 올바른 길인가⋯⋯. 바보 유비가 묻고 또 묻습니다. 관우, 장비, 조운 그리고 제갈량의 목소리를 귀담아듣습니다.

컴퓨터로 갑부가 된 사람이 많습니다. 그중 미국 애플컴퓨터사를 만든 스티브 잡스라는 사람이 있습니다.

스무 살에 집 차고에다 컴퓨터 회사를 차려 10년 뒤, 20억 달러에 직원 4천 명의 자산 규모로 회사를 키웠지만, 그 회사에서 쫓겨난 사람입니다. 하지만 다시 그 회사에 들어가 아이포드라는 mp3플레이어를 출시, 망해가던 회사를 살린 인물이기도 하지요. 그는 현재 미국 젊은이들의 우상입니다.

스티브 잡스는 미국의 명문 스탠포드 대학교 졸업식에서 젊은이들에게 이렇게 외쳤습니다.

"늘 배고프고, 늘 어리석어라Stay Hungry, Stay Foolish!"

이 말은 미국 젊은이들뿐만 아니라 우리 모두가 새겨들어야 할 충고입니다.

스탠포드 대학교라고 하면 미국의 명문 중에 명문 대학입니다. 미국 사회에서도 출세가도를 달릴 수 있는 그런 대학의 졸업생들에게 스티브 잡스가 왜 늘 배고프고, 늘 어리석어라,고 했겠습니까?

지도층의 배가 부르면 문제가 배설되게 마련입니다. 다른 것에 아랑곳하지 않고 제 밥그릇 챙기기에만 몰두하여 내 배가 부르면, 남 배고픈 것을 전혀 깨닫지 못합니다. 그러니 지도층으로서 늘 배고파야 한다는 것입니다.

또 늘 어리석어야 한다고 말한 까닭은 그것이 지도층의 당연한 미덕이기 때문입니다. 영웅의 격전지인 삼국지에서 왜 조조보다 유비가 최고의 영웅 소리를 들었겠습니까? 큰 바보, 다시 말해서 어리석었기 때문입니다.

세상이 이 모양, 이 꼴이 된 것을 보세요. 이 모두가 똑똑하다고 큰소리치는 사람들 때문 아니겠습니까?

세상에서 가장 질긴 안전벨트

어기여차, 어여차. 사나운 풍랑 속에서 쪽배를 탄 뱃사공들이 저마다 열심히 노 젓습니다. 오르락내리락하는 쪽배 위의 뱃사공들은 마치 바이킹족 같습니다. 위태위태한 쪽배 안에서 뱃사공들은 전혀 동요하지 않습니다. 세상에서 가장 질긴 끈으로 서로를 동여맨 채 앞으로 앞으로 나아갑니다.

인도네시아 발리를 떠나 인천공항으로 오던 항공기가 비행 도중에 난기류를 만나 승객 29명과 승무원 11명이 부상당하는 사고가 있었습니다. 이 난기류는 언제 어떻게 생길지 예측할 수 없는 것이라서, 스튜어디스들이 아름다운 목소리로 그렇게 수시로 안전벨트를 매라고 안내 방송을 하는 것입니다.

그런데 비행기나 자동차를 탔을 때뿐만 아니라 우리는 살면서 늘 안전벨트를 착용해야 합니다. 우리 인생에도 예측하지 못한 사고가 수시로 일어나기 때문이지요.

자동차나 비행기의 안전벨트는 의자와 연결된 나일론 재질의 튼

튼한 끈입니다.

그렇다면 우리 인생의 안전벨트는 무엇일까요?

우리 인생의 안전벨트도 끈입니다. 나일론 끈보다 더 질긴 끈, 바로 정이라는 끈입니다.

세상에 정이 없으니까 삭막해지는 겁니다. 있는 사람, 없는 사람, 많이 배운 사람, 적게 배운 사람, 힘 있는 사람, 힘없는 사람……. 서로 간에 정만 있어보세요. 뭐가 문제겠습니까?

사람과 사람을 끈끈하게 이어주는 정. 이것이 언제나 착용하고 있어야 할 우리의 안전벨트입니다.

좋은 원자재가 좋은 물건을 만든다?

손때 묻어 버림받은 물건들을 한데 불러 모읍니다. 하나씩, 하나씩 열심히 닦습니다. 조심스레 손질합니다. 사랑한다, 사랑한다. 한 마디씩 입 맞추고 정성스레 쌓아 올립니다. 꼭 필요한 곳에 아귀 맞춥니다. 희망으로 바로 선 물건들이 마침내 멋진 탑으로 승화합니다.

교육계의 아주 중요한 위치에 있는 사람이 "원자재가 좋아야 좋은 물건을 만들 수 있다"라는 말을 했습니다. 정말이지 큰 충격이 아닐 수 없습니다.

원자재가 좋아야 좋은 물건을 만든다는 말이 틀린 말은 아닙니다만, 이는 물건에나 해당하는 얘기지 교육자가 할 말은 아닙니다.

우리는 두 천재의 덕으로 많은 혜택을 누리며 삽니다. 그 첫 번째 인물이 에디슨입니다. 그는 전구를 발명하고, 수많은 문명의 이기를 만들어 우리에게 문화생활을 즐길 수 있게 한 천재입니다. 그런데 학창시절, 에디슨은 낙제생이었습니다. 원자재로 치자면 형편

없는 함량미달의 자재였던 것이지요. 또 한 인물은 천재 물리학자 아인슈타인입니다. 그 역시, 여지없는 낙제생이었습니다.

세상에는 좋은 사람, 나쁜 사람이 따로 없습니다. 사람 안에는 좋은 마음과 나쁜 마음이 공존하고 있습니다. 이 둘을 어떻게 컨트롤하는가, 어떻게 교육하는가에 따라 좋은 마음이 늘 이기는 사람이 있는가 하면, 나쁜 마음이 이기는 사람이 있을 뿐입니다. 그래서 사람을 미워할 게 아니라 그 죄를 미워하라는 말이 나온 겁니다.

그런데 비유랍시고 사람을 좋은 원자재, 나쁜 원자재로 구분하다니요? 교육자로서 절대 할 말이 아닙니다. 교육은 물건을 만들어내는 게 아닙니다. 교육은 세상의 희망을 만들어내는 것입니다.

삼국지에서 장비가 유비를 만나기 전, 어땠습니까? 동네 깡패였습니다. 원자재로 치면 형편없는 원자재였습니다. 그런 장비가 어떻게 삼국지의 영웅이 됐겠습니까? 유비의 인간 교육으로 영웅이 된 것입니다. 이것이 바로 교육입니다.

인간은 누구에게나 한 가지쯤 특출한 재능이 있습니다. 교육은 그 재능을 발굴해 가꾸는 것이지, 대학이 요구하고 대학에서 원하는 학생을 만드는 것이 아닙니다.

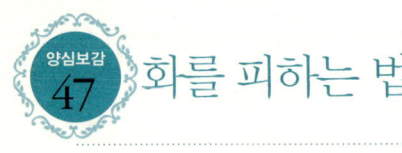

화를 피하는 법

양심보감 47

천불이 올라옵니다. 새빨갛게 달아오른 피가 거꾸로 치솟습니다. 불끈 쥔 주먹 위로 힘줄이
부풀어 오릅니다. 앙다문 입 밖으로 '빠드득'이 튀어나옵니다. 상기된 얼굴을 퍼뜩, 된바람이
올려붙입니다. 심호흡을 합니다. 주먹을 열고 입을 엽니다. 뱉어놓은 천불들이 수그러듭니다.

지표면을 뜨겁게 달구는 한여름이면 과열 사고도 TV 브라운
관을 바쁘게 달굽니다. 자동차에서 에어컨을 켜놓고 자다가 과열
돼 불이 나는 사고가 있었습니다. 선풍기를 켜놓고 외출했다가 불
이 난 경우도 있었습니다.

하지만 이런 식의 과열 사고는 조족지혈, 새 발의 피에 불과합니
다. 연적을 없애달라고 청부하는 일이 있는가 하면, 공부할 때마다
시끄럽게 한다는 이유로 이웃집 초인종에 상습적으로 불을 지른
방화범도 있습니다. 이게 다 열 받아 화를 부르고, 열 받아 화를 자
초한 일들입니다.

흔히 우리는 '홧김에 뭐 한다'고 말합니다. 화가 나면, 해서는 안 되는 줄 알면서도 기어이 일을 저질러 결국 화를 당하는 겁니다.

그럼, 이 화를 어떻게 피해야 할까요? 일단 열을 받지 말아야 합니다. 열을 받지 않으려면 문도 열고, 뚜껑도 열고, 모두 열어두어야 합니다.

마음이 열을 받지 않게 하는 법도 마찬가지입니다. 마음을 열고 털어놔야 합니다. 그냥 가슴에 묻어두면 열을 더 받아 과열되고, 그러다 화로 이어집니다.

지금 열을 받고 있다면, 일단 활짝 여세요. 마음을 열고 툭 털어놓으세요. 그게 화를 막고 화를 피하는 비결입니다.

업보란 무엇인가

생각을 뿌립니다. 말을 뿌립니다. 행동을 뿌립니다. 밀알 같은 원인들이 흩어져 싹을 틔웁니다. 원인들이 자라나 결과를 맺습니다. 인과응보가 사방에 널브러집니다. 하루가 멀다 하고 얼른 주워 담아야 합니다. 조금만 미루자면, 온 천지가 돌이킬 수 없는 악취로 진동합니다.

얼마 전까지 대사를 지낸 노 인사가 현재 겪는 어려움에 대해 이런 말을 했다고 합니다. "업보 때문 아니겠느냐"며 "아직 다 갚지 못한 업보가 있는 모양"이라는 넋두리였습니다.

여러분, 업보가 무엇입니까? 업보란 불교에서 나온 말로, 선악의 행업으로 나오는 과보입니다. 좋은 일을 하면 좋은 업보가 생기고 나쁜 일을 하면 나쁜 업보가 생기는 것입니다. 우리 속담에 '콩 심은 데 콩 나고 팥 심은 데 팥 난다'는 말이 있는데, 바로 이것이 업보를 일컫는 말입니다.

이 업보라는 것은 유전이 된다고 합니다. 선대에 지은 업보가 후

손에게 이어지고, 자식이 지은 업보가 부모에게 돌려지기도 한답니다.

이러한 업보에는 중요한 점이 하나 있습니다. 세금을 안 내고는 못 살듯, 업보도 안 갚고는 안 되는 것입니다. 그런데 업보는 아무 때나 갚을 수 있는 게 아닙니다. 갚아야 할 시기라는 것이 있습니다. 그게 과연 어느 때일까요?

업보를 갚을 마음이 있다면 지금 당장 갚아야 합니다. 이는 결코 주관적이거나 개인적인 주장이 아닙니다. 도통한 분들이 이구동성으로 하는 말입니다. 안 그러면 그 업보가 나무뿌리 커지듯 커져간다고 합니다.

아무리 이런 말을 해도, 심지어 콩으로 메주를 쏜다고 해도 믿지 않는 사람들이 많습니다. 하지만 올곧이 바라보세요. 빨리 업보들 갚으세요. 지금 안 갚으면 갚을 방법이 없습니다.

바다에서 배우는 인생의 지혜 Ⅰ

에메랄드 빛 잔파도가 바윗돌에 부딪칩니다. 포말되어 새하얗게 바스러졌다가 바다로 돌아갑니다. 시퍼렇게 날 선 거대한 파도가 방파제를 덮칩니다. 유리조각처럼 산산이 부서졌다가 바다로 돌아갑니다. 어제도, 오늘도, 내일도, 저마다의 파도들은 수평선에 넘실대는 바다로 쉼 없이 되돌아갑니다.

계절마다 갖가지 색깔로 변화하는 해변으로 사람들이 몰려갑니다. 특히나 삼복더위가 무르익는 휴가철이면 그야말로 해변은 절정을 이룹니다. 수평선에 꽉 찬 바다를 마주한다고 상상해보세요. 그 바다에서 꼭 배워야 할 인생의 지혜가 있습니다.

인간의 몸은 7할이 물입니다. 물의 섭리가 또한 우리를 지배한다고 하니, 그 물의 섭리가 뭔지 배워야 하지 않겠습니까? 아는 게 힘이잖아요.

사실, 바다에 가서 배워야 할 것은 한두 가지가 아닙니다. 그 여러 가지 중 우리는 파도에게서 뭔가 배울 것이 있습니다. 바다에 가면 파도를 유심히 관찰해보세요. 물결치는 파도 모양이 참으로 다

양합니다.

옛이야기에 이런 것이 있습니다. 큰 파도와 작은 파도가 바람 따라 밀려가는데, 작은 파도가 큰 파도에게 출렁출렁 속삭였습니다.

"큰 파도야, 큰 파도야. 넌 참 좋겠다. 그렇게 덩치도 크니 말이야."

큰 파도는 작은 파도에게 철썩철썩 외쳤습니다.

"작은 파도야, 작은 파도야! 눈을 크게 뜨고 잘 보렴! 우린 파도가 아니라 바닷물이란다!"

참 어렵다면 어렵고, 쉽다면 쉬운 이야기입니다. 무슨 의미일까요? 재벌이나 거지나 저세상에 갈 때는 빈손으로 돌아가는 똑같은 사람이라는 뜻입니다. 천하장사나 비리비리한 약골이나 때가 되면 갈 수밖에 없는 똑같은 사람이라는 말입니다.

바다에 가면 가슴이 넓어진다고 합니다. 바다가 수시로 전하는 인생의 지혜를 배워 바다처럼 가슴을 넓혀서 오기 바랍니다.

지는 것은 한순간이다

양심보감 50

주렁주렁 가지마다 늘어집니다. 명예를 매달아놓았습니다. 권력을 매달아놓았습니다. 재물을 매달아놓았습니다. 닥치는 대로 매달아놓습니다. 매달린 부동산이, 동산이 위태롭게 줄렁거립니다. 일순간, 탐닉의 나무가 뿌리째 뽑혀 곤두박질칩니다. 모든 것이 산산조각 납니다.

'화무십일홍'이라는 말이 있습니다. 열흘 피는 꽃이 없다는 말로, 인생무상, 권력무상, 재물무상을 비유하는 말입니다. 그런데 그보다 더 우리가 명심하고 살아야 할 말이 '지는 것은 한순간'이라는 말입니다. 꽃이 피는 데는 짧게는 몇 날, 길게는 몇 달이 걸립니다. 하지만 그렇게 핀 꽃이 몇 날, 몇 달 걸려서 집니까? 그게 아니지요. 하룻밤 사이 지고 맙니다.

세상에는 꽃처럼 한순간에 지는 것들이 많습니다. 명예니 지위니 하는 것들 모두 한순간입니다. 부자는 망해도 삼대가 간다는 말이 있지만, 망하는 것은 정말 한순간입니다.

114

어디 그뿐입니까? 사랑을 만들기는 정말 어렵고 시간도 오래 걸립니다. 하지만 그 사랑이 깨지는 것은 한순간입니다.

사람과의 관계도 마찬가집니다. 우정을 쌓아가기까지는 시간이 걸리고 어려움도 많지만, 그 우정이 깨지는 건 한순간입니다.

세상에는 이렇게 쉽게 지는 것들이 많습니다.

그렇게 쉽게 지는 데에는 이유가 있는데, 바로 욕심 때문입니다. 사랑도, 우정도, 재물도, 명예도, 모두가 욕심 때문에 별안간 지는 것입니다. 집이 한 채면 됐지, 서너 채도 모자라 일곱 채씩 끼고 산다는 게 도대체 말이 됩니까? 제발 우리, 욕심 좀 줄이고 살자고요.

자연 사랑, 나무 사랑, 종이 사랑

끼적였던 종이 한 장 구길 때마다, 자연의 살갗이 한 점씩 베어집니다. 자연의 살점이 떨어져
나갈 때마다 나무 한 그루가 동강 납니다. 쓸모없는 생각들이 나올 때마다, 사이비들이 기호
몇 번을 외칠 때마다, 자연이 울고 나무가 웁니다. 대성통곡합니다.

「노틀담 드 파리」라는 뮤지컬을 본 분들은 그 오프닝 송
에 나오는 이런 가사를 기억할 겁니다.

'세상의 시인들은 에스메랄다와 콰지모도의
사랑의 역사를 돌과 유리에 기록하네.'

정말 아름다운 가사이긴 하지만 실제로 우리는 어떤 역사든지
돌과 유리에 기록하지 않고 종이에 기록합니다.

전문가들의 계산에 따르면, 종이 1톤을 만드는 데는 30년생 나무
가 열일곱 그루 정도 필요하다고 합니다. 그래서 한 해 우리나라에

서 필요한 종이를 만드는 데는 30년생 나무가 1억 그루 이상이 베어져야 한다는 겁니다.

자연이 무엇입니까? 바로 나무입니다. 어떠한 생명이든 물이 있어야 하고, 물이 있으면 나무가 있습니다. 고로 나무 사랑이 곧 자연 사랑입니다.

하지만 우리를 보세요. 말로는 자연을 사랑하자면서 진정 자연을 사랑하기는 하는 겁니까?

자연의 상징인 나무가 종이 낭비로 쓸데없이 계속 잘려나가고 있습니다. 공허한 성명서는 왜 그렇게 만들어내는 겁니까? 또 수준 미달의 대책들은 왜 그렇게 만들어대는 겁니까? 책상머리에 앉아서 종이에 그려대는 페이퍼워크는 또 왜 그렇게 많습니까? 제발 종이들 좀 아끼자고요.

하지만 뭐니 뭐니 해도 우리가 제일 아껴야 할 종이는 바로 투표용지입니다. 요즘, 투표를 제대로 못한 것 같다며 울화통 터뜨리는 사람들이 정말 많습니다. 제대로 보고, 제대로 찍어 투표용지를 낭비하는 일은 없어야겠습니다.

52 태극기가 바람에 펄럭입니다

전라도와 경상도가 갈려 손가락질합니다. 빈부가 너 죽고 나 사네, 합니다. 여야가 나 잘했네, 너 못 했네, 합니다. 쥐꼬리만 한 한반도가 쌈질 통에 시끄럽습니다. 바람에 건, 곤, 감, 리가 발악합니다. 청홍의 태극도 발악합니다. 하나의 태극기가 펄럭입니다. 이것은 소리 있는 아우성입니다.

세상의 국기 중 우리 태극기만큼 잘생기고 똑똑한 국기는 없습니다. 맹목적인 국수주의자 입장에서 주장하는 것이 아닙니다. 우리가 태극기에 담긴 이상대로만 산다면 우리나라는 동해물과 백두산이 마르고 닳도록 모두가 잘사는 나라가 될 것입니다.

우리 태극기의 검은 네 괘를 '건·곤·감·리'라고 부르는데 이는 하늘과 땅, 그리고 해와 달을 상징합니다. 태극기 중심에 박힌 태극의 홍색은 양을, 청색은 음을 상징하고요.

우리 태극기에 담겨 있는 건곤감리는 우리나라가 하늘과 땅과 해와 달의 보호 아래 청색과 홍색, 음양이 조화를 이룬 나라라는 뜻을 가집니다. 이것은 서로 다른 것들이 조화를 이루며 사는 화합의 나라라는 의미입니다.

세상을 살면서 네 편, 내 편을 안 나눌 수는 없습니다. 정치는 여야로 대치해 있고, 경제는 잘사는 사람과 못사는 사람이 부익부 빈익빈으로 갈라져 있습니다. 사회는 보수와 진보로 토막이 나 있고요. 이를 어떻게 해결해야 할까요?

태극기를 보세요. 여기에 정답이 있습니다. 태극은 청색과 홍색으로 나뉘어 있습니다. 나뉘어 있지만 둘이 하나를 이뤄 태극이 되는 겁니다. 여야로 나뉘고 빈부로 나뉘고 보수와 진보로 나뉘지만, 그것은 절대로 둘이 아닙니다.

요즘, 하도 펄럭이는 통에 갈기갈기 찢길 것만 같은 태극기를 다시 한 번 바라봅니다. 제발 태극기 한번 제대로 보세요.

월남 이상재 선생을 기리며

등 돌리고 밥상머리 앞에 웅크립니다. 젓가락으로 김치 대신 배춧잎을 집습니다. 성에 안 차는 모양입니다. 숟가락으로 밥공기 대신 돈뭉치를 꾸역꾸역 퍼먹습니다. 터진 입 밖으로 땟물이 질질 흐릅니다. 저승에서 이상재 선생이 한마디합니다. 저런, 개나리들!

우리 독립운동가 중에서 절대로 그 존함을 빼놓을 수 없는 분이 바로 월남 이상재 선생입니다. 정말 대단한 분이었지요. 선생은 나라를 팔아먹은 이완용에게 대놓고 면박을 줬습니다.

"이 대감, 도쿄로 이사 가는 게 어떻소"

"이 선생, 어찌하여 나더러 이사를 가라는 겝니까?"

"대감은 나라 망하게 하는 덴 천재니, 도쿄로 이사 가면 곧 일본도 망하지 않겠소?"

이완용의 붉어진 얼굴을 한번 상상해보세요. 그 얼굴이 떠오릅니까?

그뿐만이 아닙니다. 어느 날 선생이 강연을 하는데, 일본 순사와

형사가 몰래 들어와 감시를 했답니다. 선생은 뒷산을 바라보며 신명나게 개나리 타령을 했습니다.

"개나리가 만발했구나!"

당시 순사의 별칭은 '개'였고, 형사는 '나리'였다고 하니 이 역시 대놓고 면박을 준 것과 다름없지요.

이렇게 강단이 있는 분이었으니, 이 선생을 고꾸라뜨리려고 그 시절 개나리들이 얼마나 발광했겠습니까? 그래서 당시 조선총독부는 공작을 시작했습니다. 남자를 죽이는 방법에는 두 가지가 있는데 그중 하나는 여자고, 다른 하나는 돈입니다.

이상재 선생이 연로한 탓에 총독부는 여자 대신 돈으로 죽이는 방법을 선택했습니다. 그리하여 지금의 화폐가치로 수억 원이 넘는 돈을 건네며 가져다 쓰라고 했지요. 선생의 대응이요?

"사람이 먹으려면 밥을 먹지, 왜 돈을 먹느냐? 니들이 나를 어떻게 본 것이냐?"

선생은 그리 호통 치며 그 돈을 개나리들 발 앞에 보기 좋게 내팽개치고 등을 돌렸습니다.

하늘에서 받은 좋은 재능으로 나라를 위해야 할 인재들이 많습니다. 그런데 밥을 먹지 않고 돈을 먹다가 그대로 고꾸라진 인재들이 한둘이 아닙니다. 검찰이 움직일 때마다, 관리차원에서 준 재벌의 돈을 먹은 인재들은 하늘이 노랗고 정신이 오락가락할 것입니다. 제발 밥들 먹으세요. 퍽퍽하게 지저분한 돈을 왜 먹습니까?

길을 가는 방법

지평선에 맞닿은 길을 바라봅니다. 헤아릴 수 없는 길 위로 고될 여정들이 험난한 돌부리처럼 삐죽삐죽 솟아오릅니다. 지레 힘들어 주저앉습니다. 다시, 근시안으로 길을 내려다봅니다. 그저 한 발 내딛습니다. 정성껏 다음 발길을 옮깁니다.

흔히 인생을 길에 비유합니다. 그래서 나온 노래가 최희준 선생의 「하숙생」입니다.

인생은 나그네 길—.

그런데 이 인생이라는 길이 보통 험한 길이 아닙니다. 생활고에, 취업난에, 카드 빚 때문에 인생살이가 너무 힘들다고 중도에서 그만두는 사람들이 많습니다. 이는 지극히 좋지 못한 처사입니다.

옛사람들은 이런 말을 했습니다.

"가다가 중지하면 아니 감만 못하리라."

가기 시작했으면 끝까지 가야 합니다. 힘든 인생길이지만, 그 험난한 길을 끝까지 가는 좋은 방법이 있습니다.

'고기도 먹어본 이가 먹는다'는 말이 있습니다. 길도 마찬가집니다. 극지탐험이나 히말라야 14좌 등 험한 길을 많이 다닌 베테랑들은 가는 방법을 알고 있습니다. 이들이 말하는 길 가는 방법은 아주 간단합니다. 그들은 멀리 생각하고, 멀리 보며 걷는 게 아닙니다. 그저 내딛는 한 발 한 발, 가는 길 위에 정성으로 발길을 조심조심 옮길 뿐입니다. 이것이 험한 길을 쉽게 가는 방법입니다.

목적지에 빨리 갈 생각을 하면 그 길이 너무나 힘들다고 합니다.

이것이 무슨 의미일까요? 험한 인생길, 어렵지 않게 가기 위해서는 하루하루 열심히 살아야 한다는 뜻입니다. 한 걸음 한 걸음 정성을 다해 걷듯, 하루하루 최선을 다해 사는 것. 그것이 험한 인생길을 제대로 가는 방법입니다. 천릿길도 한 걸음 한 걸음, 인생길도 한 걸음 한 걸음입니다.

# 빨리빨리는 우리 것

> 감 놔라 배 놔라 세상이 너무 시끄럽습니다. 시끄러워 문제 있는 곳마다 메이드 인 코리아, 양날의 검을 꺼내 겨눕니다. 칼날을 들이댑니다. 신중함이 날 위에 잘 섰습니다. 다른 쪽 날을 휘두릅니다. '빨리빨리'가 넋 나간 정신을 들게 합니다.

 우리나라 국민들의 고질병 중에 대표적인 것이 바로 '빨리빨리'라고들 합니다. 이젠 이 '빨리빨리 병'이 '메이드 인 코리아 병'이라고 전 세계적으로 소문났습니다. 혹자는 우리가 인터넷 강국이 된 데는 이 '빨리빨리'가 한몫했다고 진단하는 사람들도 있습니다.

 그런데 이 '빨리빨리'가 우리나라를 이만큼 발전시킨 원동력이었다는 사실은 잘 모르는 듯합니다.

 중동 건설 붐이 한창이던 시절, 우리 근로자들이 중동에 가서 외화를 벌어들인 덕분에 1970~80년대 그토록 눈부신 발전을 이룰 수 있었던 것이지요.

 그때 우리가 외국의 공사를 따낼 수 있었던 힘이 바로 '빨리빨리'였습니다. 건설 분야에서 공사기간은 곧 돈입니다. 그렇기 때문에 '빨리빨리'로 하자 없이 공사 일정을 단축시킨 우리 근로자들이 중동의 건설 현장을 거의 싹쓸이해 큰 이문을 남길 수 있었던 것입니다.

세상의 모든 것에는 양면이 있습니다. 밝은 곳이 있으면 어두운 곳이 있게 마련이지요. 이 세상에서 그림자가 없는 것을 봤습니까? 만약 그림자가 없다면 그것은 죄다 귀신입니다.

'빨리빨리'도 마찬가지입니다. 여기에도 일장일단이 있습니다. '빨리빨리'로 엄청난 이익을 얻은 우리라지만 '빨리빨리' 때문에 수도 없이 많은 사고가 나 엄청난 인명피해를 입은 것도 우리입니다.

우리 사회에는 '빨리빨리'처럼 우리에게 부정적인 영향을 주고 우리를 힘들게 하는 것들이 많습니다.

하지만 따져보면 긍정적인 면이 없을 수 없습니다. 우리가 수출 대국이 된 힘이 무엇이겠습니까? 우리가 이나마 밥 먹고 사는 힘이 어디서 나왔겠습니까?

떡값 파동

가래떡처럼 쌓인 돈뭉치를 다소곳이 건넵니다.. 약소해요. 변변치 않지만 방앗간에 가서 떡 좀 해 드세요. 그럼요, 그럼요. 약소하니까 받아둘게요. 덕분에 방앗간에서 떡 좀 해 먹을 수 있겠어요. 방앗간 타령에 떡값이 오가는 동안, 우리 농민과 우리 서민의 속은 까맣게 타들어 갑니다.

떡도 모 기업이 만들면 다르다는 말이 한동안 인터넷에 떠돌았습니다. 그래서 그게 무슨 말인지 알아봤더니, 모 기업이 청렴결백의 상징인 검찰에 떡값을 돌려 인맥관리를 했다는 걸 비꼬는 말이었습니다.

그뿐만이 아닙니다. 검사들은 무슨 떡을 먹을까, 하는 말이 인터넷에 올라온 적이 있습니다. 역시 무슨 말인가 알아봤더니, 서민들은 경제난으로 끼니를 걱정하는 판에 모 기업이 일부 검사들에게 수백 수천에 이르는 거액의 떡값을 뿌렸다는데, 그 일부 검사들은 도대체 어떤 떡을 해 먹기에 그런 거액을 떡값으로 받는지 궁금하다는 내용이었습니다.

양식 있고 지식 있는 이들은 이런 말을 합니다. 떡값 파동이 나면 제일 속 터지는 게 농민이라고 말입니다. 떡값으로 수백 수천을 받아 그걸로 떡을 해먹는다고 상상해보세요.

우리 쌀이 왜 안 팔리겠습니까? 떡값을 주면 떡을 해먹어야지, 왜 엉뚱한 데 쓰는 것입니까?

학창시절, 책값을 하라고 받은 돈으로 책은 안 사고 그 돈을 다른 데 써버렸을 때, 그것이 발각되면 몽둥이찜질을 당하지 않았습니까?

세상에는 떡값이 없어, 명절날 송편조차 못 만드는 서민들이 많습니다. 그들을 바라보며, 변질되어 어이없어진 떡값이 더이상 우리네 입에 오르내리지 않았으면 좋겠습니다.

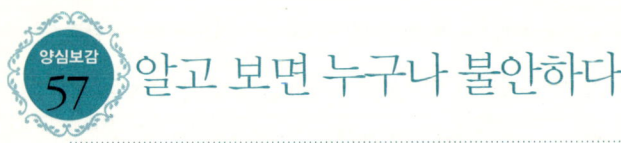

알고 보면 누구나 불안하다

양심보감
57

요이 땅—. 출발점을 내딛고 일제히 달려가기 시작합니다. 하나같이 위태위태한 달음질입니다. 저마다 목덜미에 불안감을 목마 태운 채 괴롭게 내달립니다. 기우뚱기우뚱 반환점을 돕니다. 선두그룹도 헐떡입니다. 하지만 기어코 불안감을 감쳐둡니다. 이제 결승점까지 얼마 남지 않았습니다.

식상인 세 명 중 한 명꼴로 불안장애를 갖고 있다고 합니다. 하루하루가 지뢰밭을 걷는 것 같고, 하루하루가 가시밭길을 걷는 것과 같다는 얘기입니다. 그 이유를 살펴보면 실직가능성과 과도한 업무, 그리고 상사나 동료들과의 불화 때문이라더군요.

요즘 대통령의 마음이 어떻겠습니까? 바라는 대로 국정이 안 돌아가, 마음이 아마 마음이 아닐 겁니다.

이 나라 최고 재벌들은 또 어떻겠습니까? 도청 테이프 등 스캔들에 외국 경쟁사들과의 전쟁에 노심초사의 나날을 보내고 있을 겁니다.

이 나라 최고의 스타들은 또 어떻습니까? 스타는 됐어도, 다음 앨

범이 실패하면 어쩌나, 다음 작품이 망하면 어쩌나 하는 강박관념에 얼마나 괴롭겠습니까?

우리는 살면서 '나만 왜 이 모양인가?'라는 생각을 하며 괴로워하고 불안해합니다. 하지만 인간은 누구나 똑같습니다. 어디를 가나, 어느 때나 참고 견뎌야 하는 게 세상살이입니다.

한번 생각해보세요. 직장도 못 구한 사람들은 얼마나 불안하겠습니까? 그 사람들은 직장만 구하면 만사가 해결될 것이라고 생각합니다. 하지만 직장에 다닌다고 만사가 해결됩니까? 직장이 없을 때는 없는 대로 불안하고, 직장에 다닐 때는 다니는 대로 불안합니다. 그래서 세상을 사바세상, 참고 견디는 세상이라고 하는 것입니다.

성공한 사람, 출세한 사람, 명성을 얻은 사람, 이런 사람들의 공통점은 이들 모두가 참고 견뎌낸 사람들이라는 것입니다. 불안하기는 누구나 다 마찬가집니다. 누가 더 참고 누가 더 견디느냐, 그게 인생살이의 비결이지요.

힘내세요. 좀더 참고, 좀더 견뎌내면 성공이 여러분 앞에 모습을 드러낼 것입니다.

바다에서 배우는 인생의 지혜 Ⅱ

낮은 곳마다 넓은 대양이 들어찼습니다. 거대한 풍광으로 물 결에서 몸을 낮추었습니다. 잔잔한 물결이 야트막하게 드리워졌습니다. 내리까는 눈빛으로 호기롭게 대양에 뛰어듭니다, 풍덩. 숨어 있던 해류가 발목을 잡아끕니다. 짠물 네 모금에 하늘 보고 또 한 모금. 엄마야 나 살려라, 합니다.

계속되는 경기침체 속에서도 한여름이면 해수욕장을 찾는 인파가 거듭 사상 최대라는 말을 불러오곤 합니다. 모처럼 맞이하는 해변의 자유 속에서 비록 피서비용은 제법 썼겠지만 대신에 큰 수확을 얻어낸 사람들도 많습니다. 왜냐하면 바다는 늘 우리에게 인생의 지혜를 주기 때문입니다.

바다가 주는 커다란 지혜 중에 세상의 지도층이라는 사람들이 배워야 할 교훈이 있습니다. 바로 낮은 곳이 바다가 된다는 것입니다. 민심을 모으고, 혹은 돈을 모으고, 또는 명예를 모으고, 아니면 덕을 쌓고 싶으면 자신을 낮추고 또 낮추어야 합니다.

이 시대, 이 땅의 지도층뿐만 아니라 우리 모두가 바다에서 배워야 할 게 또 있습니다. 우리가 바다를 우습게 알면 바다도 우리를 우습게 안다는 것입니다.

바다, 우습게 알고 냅다 뛰어들어 보세요. 그러다가는 조난당하고 사고가 날 겁니다.

마찬가지로 우리가 세상을 얕보면 세상도 우리를 얕봅니다. 돈 좀 있다고, 힘 좀 있다고 떡값이나 주고받고 까이거 대충대충 넘어가 보세요, 어떻게 될지.

우리가 바다를 우습게 알면 바다도 우릴 우습게 아는 것처럼, 세상을 우습게 봤다간 그게 그대로 되돌아올 것입니다. 이것이 바다가 가르쳐주는, 지켜져야 할 이치이자 변할 수 없는 법칙입니다.

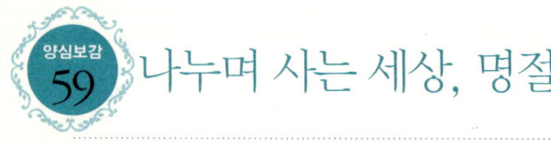

나누며 사는 세상, 명절

까치가 내려앉은 정월 초하루, 나지막한 둔덕 아래로 마을이 한눈에 들어옵니다. 김 판서가 가가호호의 아니 땐 굴뚝을 셈합니다. 손에 꼽는 만큼 아랫사람들의 어깨가 풍성하도록 무거워집니다. 개똥이네 반 말, 금순이네 반 말……

세상을 둘러보면, 모든 것들은 서로를 위해 나누며 살아가고 있습니다. 나무는 우리에게 신선한 공기를 나눠주고 있고, 비는 대기를 깨끗하게 해주며 생명에게 물을 나눠주고 있습니다. 하다못해 파리라는 곤충도 쓰레기를 썩혀 세상을 이롭게 하고 있습니다. 이처럼 세상 모든 것들은 각자 생긴 대로 늘 나누면서 세상을 위해 살아가고 있습니다.

예수님의 사랑이 무엇입니까? 나누며 살기입니다. 부처님의 자비가 무엇입니까? 이 역시 나누며 살기입니다.

이 땅에 명절이 다가올라치면 무슨 돈으로 어떻게 명절을 보내나, 걱정하는 이들이 많습니다. 그런데 그 어려웠던 옛날에는 어땠겠습니까?

부자들은 명절을 앞두고 동네 산 위에 오르는 게 일이었습니다. 집집마다 굴뚝에 연기가 피어오르나 안 오르나를 보고 아랫사람을 부려서 굴뚝에 연기가 나지 않는 집에 쌀자루를 슬쩍 놓고 오게 했습니다. 이것이 바로 우리의 명절이었습니다.

여러분이 명절의 의미를 어떻게 알고 있는지 모르지만, 명절이라고 다를 것 없습니다. 나누자고 만든 게 명절입니다. 시간도 나누고, 음식도 나누고, 인정도 나누고, 그렇게 나누며 살자고 만든 것이 바로 진정한 명절입니다.

벌은 여전히 꽃을 찾아다닌다

잎맥을 따라 쉬지 않고 베어 먹는 애벌레가 초록빛에 동화합니다. 마땅히 배를 채운 애벌레가 화려한 나비로 거듭나기 위해 고치 속 잠자리에 내일을 펼칩니다. 대롱을 꽂은 일벌이 노랗게 잘 익은 꽃술 안에 몰두합니다. 마땅히 꿀을 모은 일벌이 그제야 자나 깨나 사모하는 여왕벌에게 날아갑니다.

미국 메이저리그의 명문 구단 샌디에고 파드리스로 팀을 옮긴 박찬호 선수가 자신의 홈페이지에 올린 글, '벌은 여전히 꽃을 찾아다닌다'가 세간의 이목을 집중시킨 적이 있습니다.

'산은 산, 물은 물…… 여전히 산은 푸르고 물은 흘러가네……' 이렇게 시작해서 '오늘 밤 달님은 유난히 내게 밝은 미소를 주네…… 고마운 마음으로 달님 보고 미소 지으며 깊이 잠든다……' 라는 말로 끝납니다.

그런데 이 글이 선문답 같다느니, 무슨 뜻인지 모르겠다느니 말들이 많았습니다. 과연 무슨 뜻일까요?

박찬호 선수가 '산은 산이요, 물은 물이로다'라는 유명한 말을 쓴 의도가 무엇이겠습니까?

그는 제목에서 그 말의 뜻을 설명하고 있습니다. 산은 산이고, 물은 물이고, 벌은 벌이고, 야구선수는 야구선수라는 것입니다. 벌은 무슨 일이 있어도 꽃을 찾지, 송충이처럼 나뭇잎을 먹지는 않습니다. 야구선수는 어디를 가든 야구를 하지, 축구를 하거나 농구를 하지 않는다는 것입니다.

이 말은 지도층이네, 정치인이네 하면서 마땅히 해야 할 일도 안 하는 이들이 특히 새겨들어야 할 말입니다.

박찬호 선수는 '오늘 밤 달님은 유난히 내게 밝은 미소를 주네…… 고마운 마음으로 달님 보고 미소 지으며 깊이 잠든다……' 고 했습니다. 텍사스 레인저스의 밤하늘에 뜨는 달이나, 샌디에고 파드리스의 밤하늘에 뜨는 달이나 다 똑같은 달입니다.

여당에 가 있든 야당에 가 있든, 달처럼 우러러봐야 할 것은 대한민국 유권자들입니다. 국민들에게, 유권자들에게 항상 고마워해야 합니다.

그렇게 잠자리에 들면서도 팬들을 생각하는 박찬호 선수이기에 세계적인 선수가 될 수 있었던 것입니다.

물은 한순간에 끓는 게 아니다

가스레인지를 센 불로 켭니다. 주전자가 점점 달아오릅니다. 물방울들이 보글보글 올라오든 말든 순숙을 무시한 채, 센 불만 고집합니다. 이윽고 기포가 맹렬하게 끓어오릅니다. 주전자 가 들썩거립니다. 주전자 뚜껑이 뒤집힙니다. 물이 왈칵 넘쳐 난장판이 됩니다.

세상사는 벌어지는 일마다 그냥 생겨나고, 그냥 일어나는 것이 없습니다. 다 이유가 있습니다. '처녀가 아이를 낳아도 이유가 있다'는 속담도 있지 않습니까.

그런데 그 이유를 몰라서 고민했던 이들이 있습니다. 불법 도청 테이프와 관련된 재벌기업가인 그들은, 수출을 많이 해 나라의 경제를 살리고 있는 우리가 왜 이렇게 당해야 하냐며 머리를 싸맸을 것입니다.

모든 일에는 원인과 결과를 연결해주는 인과관계가 반드시 장치되어 있습니다.

차를 마시려면 먼저 물을 끓여야 합니다. 찻주전자에 물을 담고 끓이면, 그 주전자가 불에 올려놓자마자 끓어올라 뚜껑이 열리는 것이 아닙니다.

처음엔 무인의 불이라는 무화, 즉 강력한 불로 한참을 계속해서 끓입니다. 물이 거의 끓을 무렵엔 문인의 불, 다시 말해 약한 문화로 바꾸어 물을 순숙시키는 것입니다.

그런데 지폈던 불이 너무 세면, 찻주전자 뚜껑이 열리면서 물이 넘쳐흘러 그 물은 못 쓰게 됩니다. 끓어오르게 하려면 시간을 두고 지긋이 열을 가해야 하지요.

돌이켜본 모 재벌기업의 문제도 마찬가지입니다. 그 재벌기업에 대해 열 받고 뚜껑 열린 이들이 많았는데, 왜 그랬겠습니까? 센 불만 고집하다보니, 그동안 계속해서 꾸준히 열 받던 물이 비등점을 넘어서고, 결국에는 일제히 뚜껑들이 열린 것 아닙니까?

순숙의 불을 곱씹어볼 때입니다.

물을 물로 보지 말자

심해의 아득한 곳에서부터 지각이 요동칩니다. 잔잔한 해수면을 번쩍 들어 올립니다. 거대한 파동을 앞세워 뭍을 향해 시퍼런 물들이 돌진합니다. 바짝 세워 독 오른 갈퀴로 뭍의 모든 것을 사정없이 잡아채 할큅니다. 쓰나미처럼 사람들도 요동치려 합니다. 언제 인간 쓰나미가 되어 덮칠지 모를 일입니다.

　　휴가철마다 바다며 강이며, 물가는 여지없이 인산인해를 이룹니다. 어떻습니까? 피서지에 가보면 물을 원 없이 마신 사람도 있고, 물 때문에 사고를 당할 뻔한 사람도 있습니다. 그뿐입니까? 물이 바뀌어 배탈이 난 사람도 있고, 물이 안 좋아 실망하는 사람도 있습니다. 이처럼 물과 가까이하면서 물에 큰 영향을 받는 계절이 바로 여름입니다.

　　그런데 요즘 물을 너무 물로 보는 사람들이 많습니다. 이는 물을 우습게 본다는 것인데, 그랬다간 정말로 큰일 납니다. 여름철 사고의 가장 큰 원인이 바로 물 때문이거든요.

세상의 더러움을 씻어내는 것이 무엇입니까? 바로 물입니다. 세상을 비옥하게 만드는 것이 뭐겠습니까? 역시 물입니다. 물이 없으면 사막이 되는 겁니다. 물이 세상을 비옥하게 하는 겁니다.

더러움을 씻어내고, 세상을 살찌우는 것이 물인데, 그래도 이 물은 잘난 척을 하지 않습니다. 둥근 그릇에 넣으면 둥근 모양이 되고 넓적한 그릇에 담으면 넓적한 모양이 됩니다.

하지만 이런 물도 화가 나면 정말 무섭습니다. 몰아쳐서 쏟아지는 것을 한번 보세요. 집중호우에는 안 떠내려가는 것이 없습니다. 물이 쓰나미, 곧 지진해일로 돌변해서 몰려오는 것을 보세요. 남아나는 게 없을 정도입니다.

요즘 우리 국민들을 물로 보는 이들이 많습니다. 제발 물을 물로 보지 마세요. 그러다 큰일 납니다.

행복이란 무엇인가

도마 위에 재료들을 올려놓고 손수 음식을 만듭니다. 살이 잘 올라 싱싱한 일상에 칼집을 내고 좋아하는 것들로 맛깔스레 양념을 칩니다. 그 다음, 울퉁불퉁한 마음을 물에 잘 씻어 다듬습니다. 거무스름하게 뿌리 난 욕심은 잘라내고, 초록빛깔로 신선한 만족만 송송 썰어 넣습니다. 이제 끓여서 맛나게 먹으면 되니, 이 요리의 이름은 행복입니다.

거울을 한번 보세요. 여러분의 얼굴이 아주 밝고 기쁜 표정을 하고 있습니까? 그렇다면 그게 바로 행복한 얼굴입니다.

여러분은 지금 행복합니까? 고개를 끄덕였다면, 왜 행복해하는 겁니까? 혹여 무언가 관심 있는 일을 하고 있기 때문이 아닌지요? 만약 관심이 없는 어떤 일 앞에 불려와 수 시간 잡혀 있다면 행복하겠습니까? 아니지요. 지루하고 답답해 지옥 같을 것입니다.

다시 말해서, 행복이란 기성복이 아닙니다. 행복이란 누가 만들어놓은 것을 사거나 얻는 게 아닙니다. 핸드메이드의 개념으로 본인이 직접 만들어야 하는 게 행복입니다.

요즘 TV에서 많이 하는 아파트 광고를 보면, 마치 그 아파트에 살면 행복이 넝쿨째 굴러 들어오는 것처럼 묘사하고 있습니다. 하지만 그 아파트에 산다고 정말 행복이 공짜로 오는 것은 아니잖아요.

우리나라에서 최고로 좋은 집과 최고급 외제 차량을 제일 많이 가지고 있는 이가 있습니다. 가치로 따져서 11조 원에 달한다는 모 그룹의 회장도 행복하지가 않습니다. 소리 소문 없이 외국을 드나들며 병원에 다니고 있다지 않습니까?

비싸기로 소문난 강남 쪽 아파트에 가면, 그곳에서도 있는 사람, 없는 사람이 갈라진다고 합니다. 그래서 평수 작은 데 사는 이들은 하루하루가 스트레스랍니다. 하다못해 아이들끼리 놀면서도 사는 집 평수를 따진다고 합니다. 이게 무슨 행복입니까? 대단한 부자가 아니고서야, 그곳에 입주하는 순간부터 불행 시작입니다.

인간은 행복해야 합니다. 그렇다면 행복이 무엇인지를 알아야 합니다. 행복은 다른 것이 아닙니다. 욕심을 줄이고 만족할 줄 아는 것, 그게 행복입니다.

세상이 망하는 이유가 무엇일까요? 세상이 불행해지는 이유가 무엇일까요? 능력이 없어서가 아닙니다. 재수가 없어서도 아닙니다. 안 따라주는 운 탓도 아닙니다. 욕심, 이 욕심 때문에 망하고 불행해지는 겁니다. 욕심 때문에 행복을 말아먹는 것입니다.

건강을 지키자

양심보감 64

눈을 감고 정신 통일합니다. 정과 신을 하나의 점에 모읍니다. 하나의 점이 육안을 덮습니다. 부릅뜬 심안과 영안이 몸을 부립니다. 똑바로 가는 대로 몸이 따라갑니다. 흔들림 없는 지팡이가 다리를 온전히 인도합니다. 나의 굳건한 다리는 지금 세 개입니다.

미국 뉴욕에서 불기 시작한 웰빙 바람이 전 세계에 몰아치고 있습니다. 그래서 유기농산물을 먹고, 운동을 하고, 몸짱이 되기 위해 그토록 많은 이들이 광분합니다. 그런데 가만 보고 있자면, 건강을 위한다는 이러한 방법에 문제가 있어 보입니다.

건강한 몸만 가지고 건강하다고 볼 수는 없지요. 몸과 그 몸의 주인인 마음이 모두 건강해야 비로소 건강하다고 할 수 있는 것입니다. 그래서 그리스 · 로마 시대부터 이런 말이 전해져왔습니다.

'건전한 정신은 건전한 신체에 깃든다.'

건전한 정신은 바로 건강한 마음을 말하는 것입니다.

구미에서는 요즘 마음 운동이 거세게 불고 있습니다. 그토록 달리기를 좋아하던 '뉴욕커'들이 요즘 틈만 나면 주저앉는다고 하네요. 그렇게 주저앉아서 동양의 요가나 명상, 그리고 선을 한다는데, 그들이 왜 그러는 것일까요?

건강을 위해 마라톤도 모자라 러닝머신까지 타고 달리지만 그런 운동만으론 안 된다는 것을 깨닫게 된 겁니다. 건전한 신체를 위해서는 몸뿐 아니라 마음 또한 건강해야 함을, 그 건전한 정신을 이제야 알아차린 것입니다.

우리 몸이 자동차라면 우리 마음은 그 자동차를 모는 운전자입니다. 값비싼 고급차면 뭐 합니까? 엄청난 돈을 들여 새로 도색하고 튜닝을 하면 뭐 합니까? 운전자가 음주운전에 난폭운전을 해보세요. 아무리 새 차라도 며칠 못 가서 고물차가 되어버리고 맙니다.

65 가을 전어에게서 배우는 삶의 지혜

1회 초. 박수갈채와 함께 에이스가 마운드에 오릅니다. 아직은 때가 아닙니다. 환호성을 뒤로 하고 묵묵히 몸을 풉니다. 2회 초, 3회 초······. 왼손으로 뿌리는 연습 공 한 구마다 물이 오 릅니다. 투아웃 만루 좌타자. 위기의 순간, 마침내 에이스 대신 마운드 위에 올라섭니다. 와인 드업. 이제는 나의 때입니다.

전어에 관한 이런 얘기를 들어봤을 것입니다. 전어 굽는 냄새에 집 나간 며느리도 다시 돌아온다는 얘기 말입니다.

왜 전어 냄새에 집 나간 며느리가 다시 돌아오겠습니까? 그만큼 가을 전어는 맛이 있기 때문입니다. 그럼, 가을 전어가 왜 그렇게 맛있다고들 할까요? 다른 철과 달리 가을철의 전어에는 지방이 많기 때문입니다.

겨울을 나려고 몸에 지방을 잔뜩 축척한 전어를 한번 구워보세요. 기름이 자글거리면서 고소한 향기가 물씬 풍깁니다. 상상만 해도 군침 돌지 않습니까? 그렇게 맛이 좋다보니, 사는 사람이 돈도

144

따지지 않고 덤벼든다고 해서 돈 '전錢'자를 써 전어라고 하는 것입니다.

그럼 우리는 가을 전어에게서 어떤 삶의 지혜를 배워야 할까요? 가을엔 그렇게 인기 있고 후하게 대접받지만, 또 다른 계절에는 쳐다보지도 않는 것이 바로 전어입니다. 메뚜기도 한철이라는 말이 있듯, 전어도 가을 한철입니다.

전어가 이렇듯 사람도 마찬가집니다. 다들 제철이 있게 마련입니다. 일 년 사시사철 잘나가는 사람은 없습니다. 그러니 지금 일이 제대로 안 풀린다고 낙심하지 마세요. 지금 되는 일이 없다고 절망하지 마세요. 이는 제철이 아니기 때문입니다.

전어가 가을을 맞이하듯, 기다리다보면 여러분의 계절이 오게 마련입니다. 곧 여러분의 계절이 살찐 전어처럼 풍성하게 돌아올 것입니다.

가만있으면 중간은 간다

오케스트라의 웅장한 선율이 콘서트홀을 화려하게 감쌉니다. 바이올린과 첼로가 위로 아래로 자기 음색을 현란하게 뽐냅니다. 그 가운데 수더분한 비올라가 있는 듯 없는 듯 콧소리를 흘립니다. 중간에서 맴도는 수줍은 음색이 가만가만 오케스트라의 풍성함을 더합니다.

우리 속담과 격언은 우리 민족의 지혜가 담겨 있는 보고입니다. 그러한 우리의 격언들 중 '가만있으면 중간은 간다'는 말이 있습니다. 이 말은 우리가 세상을 살아가는 중요한 삶의 기술이자 지혜입니다.

중국의 공자가 중용을 얘기했습니다. 중용이란 가만있으면 중간은 간다는 우리 격언을 학문적으로 아주 어렵게 말한 것입니다. 그렇다면 가만있으면 중간은 간다는 말에 숨겨져 있는 중요한 의미는 무엇일까요?

물건을 사려는데 한쪽에서는 그것을 아주 싸게 팝니다. 그리고

146

다른 쪽에선 비싸게 팔고 있지요. 이럴 경우, 싸게 파는 물건은 가짜나 불량품일 가능성이 높습니다. 그리고 비싸게 파는 데서는 바가지를 쓸 가능성이 높습니다. 그렇다면 어떤 것을 사야 할까요? 싼 것도 피하고 비싼 것도 피하고, 중간쯤 가는 물건을 고르면 됩니다.

또 다른 예로 한쪽에서는 문제가 많다고 하고 다른 한쪽에서는 문제가 없다고 합니다. 그러면 우리는 저쪽 얘기, 이쪽 얘기를 참고해 중간쯤을 택하면 됩니다.

폭풍우 몰아치는 바다와 같은 것이 세상입니다. 이런 세상에서 흔들림 없이 헤쳐 나아가는 방법이 바로 중간을 택하는 것입니다.

가만있으면 중간은 간다는 말은 중간을 택하면 부침 없고, 흔들림 없고, 평안할 수 있다는 뜻입니다. 이것도 아니고 저것도 아닌 인생이라고 비관하지 마세요. 중간을 가는 인생, 그것이 지혜로운 사람이자 행복한 사람의 인생입니다.

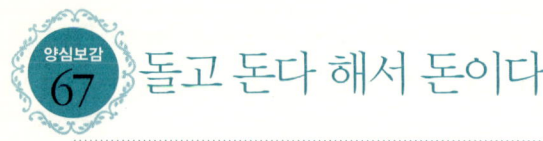

돌고 돈다 해서 돈이다

검은 덩어리가 뭉친 길목마다 대침을 꽂습니다. 굳어버린 길목이 화들짝 놀라며 오므라들었다 펴졌다 요동칩니다. 막혔던 길목이 뻥 뚫립니다. 그제야 덩어리들이 산산이 조각나 곳곳으로 퍼져갑니다. 대한민국의 만성 질병, 뭉침에는 한방 대침이 그만입니다.

우리 경제가 장기 불황에서 조금씩 벗어나고 있다는 말이 들려옵니다. 정말 다행스런 소식입니다. 하지만 아랫목 불기운이 윗목까지 오려면 아직 멀었습니다.

우리 몸에 병이 나면 약을 먹거나 침을 맞거나 뜸을 뜹니다. 그렇게 해서 고칩니다. 그런데 병을 고치는 것은 사실 우리 몸의 피입니다. 약도, 일단 피가 병난 자리까지 옮아가야 약발이 서는 것입니다. 침을 놓는 것도, 뜸을 뜨는 것도, 결국 피를 잘 돌게 해서 우리 몸의 항체로 병을 고치는 겁니다.

우리 경제에서 우리 몸의 피 같은 것이 무엇일까요? 바로 돈입니다.

그러니 우리 경제를 살리고, 우리 경제에 힘을 주려면 돈을 잘 돌게 하면 됩니다. 부동산에 돈을 묻어두지 못하게 하고, 돈이 한군데 몰려 있지 않게 하면 우리 경제는 잘 돌아갑니다.

굴러다니지 않고, 한군데 몰려 있는 돈이 400조 원이나 된다는 말이 있습니다. 피가 안 돌고 뭉치면 그 자리가 썩게 마련입니다. 그 많은 돈이 굴러다니지 않고 뭉쳐 있으니, 우리 경제가 어떻게 건강할 수 있겠습니까?

빈익빈 부익부. 돈이 있는 사람한테만 몰리는 것도 우리 경제에는 치명상입니다.

경제정책, 다른 것 없습니다. 그저 돈이 잘 돌게만 하세요. 식당이나 가게에 가보세요. 돈이 안 돌아요. 돌아버리겠다네요.

지리산 종주에서 배운다

천왕봉으로 가는 지리산 길목에서 휘청거립니다. 잘 차려입은 산꾼이 스틱을 지팡이 삼아 힘겹게 올라갑니다. 뭣 모르고 들어선 관광객이 온몸으로 울면서 엉금엉금 기어갑니다. 하나같이 정상을 향해 나 홀로 끙끙대는 발품입니다. 식은땀을 닦아내고 다시금 그들처럼 발목에 힘을 줍니다.

주 5일 근무제의 여파로 산을 찾는 이들이 크게 늘고 있습니다. 돈도 그다지 안 들고, 몸 건강은 물론이고 마음 수양까지 할 수 있는 등산은, 산이 많은 이 땅에서 최고의 레저스포츠로 자리 잡고 있습니다.

그런데 산을 찾는 사람들이 진정한 '산꾼'이 되기 위해서는 꼭 거쳐야 할 관문이 있다고 합니다. 바로 지리산 종주인데, 그 지리산 종주도 진짜가 있고 가짜가 있다고 합니다.

가짜는 노고단 바로 밑 성삼재까지 차로 이동한 뒤, 거기서부터 노고단, 반야봉, 세석산장, 장터목, 통천문을 거쳐 천왕봉에 올라가는 코스라고 합니다.

그럼 진짜는 어떤 코스냐, 성삼재가 아닌 화엄사에서 출발해 코재를 넘어 노고단을 올라 천왕봉까지 가는 코스라는군요. 하지만 이 길이 너무 힘들어 노고단 바로 밑, 성삼재까지 차를 타고 가서 가짜 코스로 그렇게들 시작한다고 합니다.

지리산 천왕봉에 오르면 그 정상 표석에 '한국인의 기상이 발원되는 곳'이라는 글이 씌어 있습니다.

지리산 종주를 위해 초보 산꾼, 전문 산꾼 할 것 없이 수많은 사람들이 오갑니다. 그런데 종주하는 사람들을 보세요. 쉽게 쉽게 가는 사람이 단 한 명도 없습니다. 초보자나 전문 산꾼이나 죄다 땀방울을 흘리고 숨을 헐떡이면서 나 죽겠네, 나 죽겠네, 합니다. 이렇게 힘들이며 올라가는 것이 지리산 종주입니다.

우리 인생도 지리산 종주와 다름없습니다. 잘사나 못사나, 배웠으나 못 배웠으나, 백그라운드가 있으나 없으나……. 내가 직접 걸어야 하는 것이 지리산 종주고, 내가 직접 걸어야 하는 것이 인생 종주입니다.

남들은 쉽게 가는데 나만 힘들게 간다고 생각하지 마세요. 모두가 힘들게 숨 헐떡거리면서 가는 겁니다.

김진호 파이팅!

출발 신호와 함께 힘차게 뛰어듭니다. 가슴이 터져버릴 것 같습니다. 가르는 물살 위로 가족들의 박수가 튀어 오릅니다. 힘내라, 힘. 아버지가 뒤에서 밀어줍니다. 사랑한다, 아들아. 어머니가 앞에서 끌어줍니다. 결승점 터치, 200미터 배영 전광판에 2분 24초 49의 세계 신기록이 번쩍입니다.

김진호 군은 올해 나이 스물한 살의 부산체고 3학년에 재학 중인 자폐아 수영선수입니다. 2005년, 체코에서 열린 세계 장애인 수영선수권대회에 출전해 보여준 그 대단한 활약으로 알려진 선수이지요.

그렇습니다. 김군은 주 종목인 배영 200미터에서 세계신기록을 작성하며 금메달을 목에 건 것도 모자라, 내친김에 배영 100미터에서 동메달까지 따냈습니다.

영화 「말아톤」의 주인공 배형준 군이 자폐증을 극복하기 위해 달리기를 시작했던 것처럼 김진호 군도 자폐증을 극복하기 위해 수

영을 시작했다고 합니다.

그런데 수영에 재능이 있어 수영 장학생으로 중학교에 진학했으나, 경기도의 고등학교 중에서는 장애인 선수를 받아주는 곳이 없었답니다. 그래서 부산까지 내려가 부산체고에 입학하게 된 것입니다. 자연히 김군의 어머니 유현경 여사는 남편을 경기도 평촌에 남겨둔 채, 아예 부산으로 거처를 옮겨 아들 뒷바라지에 온 정성을 쏟았고요.

그러니 김진호 군이 전 세계 장애인수영선수권대회에서 동메달에 금메달까지 걸게 된 겁니다. 김진호 선수나 그 어머니 유현경 여사, 그리고 아버지 김지복 선생 모두 정말 대단한 가족입니다. 정말이지 아름다운 가족입니다.

여러분도 눈치 챘겠지만, 성공한 사람 뒤에는 늘 어머니가 있습니다. 성공한 사람 뒤에는 대단한 가족, 아름다운 가족이 있는 법입니다.

가족을 챙기세요. 이 세상에 가족만 한 후원자, 가족만 한 동업자는 없습니다.

첫술에 배부르랴

한방의 첫술을 노린 레프트훅이 크게 휘어 들어옵니다. 얼른 뒤로 물러납니다. 툭툭. 잽으로 응수합니다. 한 술, 두 술, 여러 술로 빠르고 정확하게 꽂아 넣습니다. 또 크게 휘두르려는 상대의 펀치를 잽으로 잘라먹습니다. 고개 젖힌 상대가 빈틈을 엽니다. 일순간, 나비처럼 날아서 벌처럼 쏩니다. 주심이 카운터를 셉니다.

뜨거운 햇살에 만물의 열매가 여물어갈 즈음이면, 부산에서는 부산국제영화제가 한창입니다. 세계적인 스타들이 대거 모인 가운데 70여 개국의 영화 300여 편이 상영되니, 부산은 그야말로 화려한 영화 축제의 장으로 탈바꿈하지요. 확실히 세계인들에게 주목받는 명실상부한 영화제로 자리 잡았습니다.

부산국제영화제를 그렇게 훌륭하고 멋진 행사로 키우기까지, 부산 시민들과 이 땅의 영화 팬들, 그리고 영화관계자들의 노력이 없었다면 불가능했을 것입니다.

10년이면 강산도 변한다고는 하지만, 10여 년 전만 해도 부산국제영화제가 이렇게 세계적으로 명망을 날리는 훌륭한 영화제가 되리라고 생각한 사람은 별로 없었을 겁니다. 한 해 한 해, 해가 거듭될수록 더 열심히 땀 흘려 영화제를 준비하다보니, 그 결실이 맺어지고 있는 겁니다. 부산국제영화제도 처음 시작할 때는 빈약하기 짝이 없었습니다. 행여 용두사미가 돼버리지는 않을까, 우려의 목소리가 높았던 것이 사실입니다.

우리는 아이를 낳을 때 이런 말을 합니다. 작게 낳아서 크게 키우라고요. 이 말에는 우리 인생의 중요한 지혜가 숨겨져 있습니다.

우리나라 굴지의 재벌들을 보세요. 상회에서 시작했습니다. 카센터에서 시작했습니다. 장터에서 치약을 팔면서 시작한 재벌기업가도 있습니다.

기업이든 사람이든, 작게 시작해서 커지는 겁니다. 눈사람을 만들어보세요. 작게 시작해서 차근차근 단단하게 뭉치다보면, 머지않아 삽시간에 커지는 것이 눈사람 아닙니까. 하지만 욕심을 부려 단번에 큼지막한 눈 덩어리를 만들려고 해보세요. 그냥 부서지고 깨져버립니다.

이처럼 세상은 첫술에 배부를 수가 없습니다. 첫술에 배부르려면 밥통만 한 숟가락으로 단번에 퍼 넣어야 하는데, 그렇게 먹어보세요. 배터지는 것은 둘째고, 입 찢어지고 맙니다.

영자도 알고 있다

영자의 아침 식탁에 오순도순 젓가락을 든 세 잎 클로버들이 마주합니다. 골목길에 아침인사로 활짝 핀 세 잎 클로버들이 피어납니다. 동고동락하는 세 잎 클로버들이 스튜디오에 모여듭니다. 이리 보고 저리 봐도 온통 행복을 부르는 푸른빛들입니다.

옆구리에 늘어진 살, 이걸 영어로 하면 러브핸드라고 합니다. 요즘 살을 빼려고 그 늘어진 허리 살에다 CO_2가스를 주사하는, 잘 사는 동네 사람들이 많다고 합니다. 대략 120~150만 원이 든다고 하는데, 문제는 그 다이어트 주사가 어떤 부작용이 있는지 아직 검증되지 않았다는 사실입니다.

개그우먼 이영자 양을 알 것입니다. 몇 년 전, 지방흡입수술 파동으로 인기에 치명타를 입은 그 주인공 말입니다. 그런 영자 양이 이런 말을 했습니다.

"세 잎 클로버는 행복이고 네 잎 클로버는 행운이라는데, 나는 세 잎 클로버는 보지 못하고 네 잎 클로버를 찾았던 것이다."

개그우면 이영자의 이 말이 도대체 무슨 뜻일까요?

우리는 결혼을 왜 합니까? 바로 행복하기 위해서입니다. 행운을 찾기 위해서, 횡재를 하기 위해서 결혼하는 것은 아닙니다.

또한 왜 직장에 들어가 돈을 벌려고 합니까? 행운을 바라고, 떼돈을 벌기 위해 직장에 들어갑니까? 그게 아니라 행복해지려고 직장에 들어가는 것입니다.

행복으로 이끄는 세 잎 클로버는 우리 주변에 널려 있습니다. 우리 가족, 친구, 친지, 직장동료 들이 세 잎 클로버고, 내가 지금 있는 곳이 세 잎 클로버 밭입니다. 이곳에서, 지금부터 행복하세요.

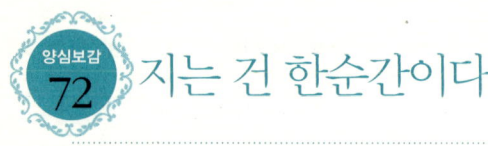

지는 건 한순간이다

화려한 조명에 떨어지는 꽃잎을 가르며 무패의 복싱계 거목이 도도하게 링 위에 오릅니다. 드디어 1회전 공이 울립니다. 도전자의 원투 스트레이트. 가드를 내린 채 아무렇지도 않다는 듯 거목이 쇼맨십으로 비아냥댑니다. 도끼로 내리찍듯 도전자의 펀치가 전광석화처럼 거목 턱에 명중합니다. 한순간, 거목이 링 바닥에 쓰러집니다.

깊어가는 가을을 한번 돌아보세요. 단풍철의 휴일이면 빨갛게 물든 단풍잎만큼이나 단풍관광 인파가 전국의 유명 산자락에 몰리곤 합니다. 가을철의 단풍을 보면 늘 인생을 다시 한 번 생각하게 됩니다.

천지동근天地同根이라는 말이 있습니다. 세상은 뿌리가 같다는 말인데, 세상이 한 뿌리에서 나왔으니, 모양은 저마다 달라도 같은 게 많지 않겠습니까?

잎이 피어나 자라서 단풍이 되기까지는 봄, 여름, 가을을 거쳐야 합니다. 하지만 잎이 지는 걸 보세요, 한순간입니다. 피기는 어렵지만 지는 건 정말 한순간입니다.

어디 그뿐이겠습니까?

공부를 열심히 해서 고시에 붙고, 그래서 명예를 쌓고 높은 자리에 오릅니다. 그렇게 오르기까지는 정말 힘들고 오랜 시일이 걸리지만, 망가지고 옷 벗게 되는 건 추풍에 낙엽과도 같이 정말 한순간입니다.

지금 잘나간다고, 지금 건강하다고, 지금은 문제없다고 방심들하지 마세요. 지는 건 한순간, 잠깐이니까요.

기다리는 것이 힘이다

남루한 옷차림으로 강태공이 유유히 흘러가는 강물에 낚싯대를 드리웁니다. 벼슬길에는 오르
지 않은 채 바늘 없는 낚싯줄로 세월만 낚습니다. 그저 가난을 벗 삼아 때를 기다립니다. 그
기다림으로 서백창의 책사가 되니, 이윽고 주나라를 호령합니다.

　　세상을 살아가기 위해서는 힘이 필요합니다. 그래서 돈을 벌
려고 발버둥 치고, 힘 있는 이의 뒤에 가서 줄을 서곤 합니다. 돈이
힘이고, 백그라운드가 힘일 테니까요.

　　그런데 세상에는 돈도 없고, 속칭 빽도 없는 이들이 얼마나 많습
니까? 그런 이들은 '아는 것이 힘'이라는 말에 의지한 채, 자식들에
게 공부를 시키고 대학을 보내고 합니다. 힘을 갖게 하기 위해서 말
입니다. 하지만 세상에는 돈이나 빽이나 아는 것보다 더 큰 힘이 있
습니다. 그것은 기다림입니다.

　　이승엽 선수가 그 방망이 잘 휘둘러 일본까지 진출했지만, 제아

무리 홈런을 잘치는 이승엽 선수라 해도 힘만 믿고 아무 공이나 휘두르면 삼진아웃을 당하고 말 겁니다. 방망이를 잘 부리는 이승엽 선수도 아무 공이나 안 치고, 좋은 공이 오기를 기다렸다 치는 것입니다.

주식으로 돈 버는 이들을 보세요. 아무 때나 주식을 매입하지 않습니다. 장세가 좋아지길 기다렸다가 주식을 사들입니다. 그래서 대박을 치는 것입니다.

우리 인생도 마찬가지입니다. 야구에서처럼 좋은 공이 날아올 때도 있고, 치기 어려운 공이 날아올 때도 있습니다. 그럼 치기 어려운 공, 다시 말해서 일이 안 풀리고 살기 힘들 때는 이승엽 선수가 공을 거르듯 속 편하게 보내면서 기다려야지, 그냥 들이댔다가는 삼진아웃을 당하고 맙니다.

누구든 인생에는 세 번의 기회가 있다고 합니다. 조급하게 마음먹을 것이 아니라, 그 기회의 순간이 올 때까지 자신의 컨디션을 유지하면서 기다리세요. 참는 자에게 복이 오듯, 기다리는 자에게도 복은 오게 돼 있습니다.

74 달리기의 의미

양심보감

굽이굽이 미로 같은 골목길을 내달립니다. 가지처럼 갈라지는 갈림길마다 똑바로 눈을 뜹니다. 가야 할 길 초입엔 이정표가 이리저리 말뚝처럼 박혀 있습니다. 무턱대고 달릴 수는 없습니다. 제자리 뜀박질로 내 화살표를 찾습니다. 나의 길은 저쪽입니다. 다시 앞으로 달음질을 시작합니다.

일요일이면 전국 어딘가에서 벌어질 마라톤 대회를 준비하는 분들이 많을 겁니다. 요즘, 마라톤을 하는 사람들의 수가 정말 엄청납니다. 그런데 마라톤 대회에 나가자면 준비도 많이 하고 제대로 길을 알고 달려야 함을 명심하세요.

김제에서 매년 열리는 김제 지평선 전국마라톤대회 때의 일입니다. 이 대회에 참가했던 어느 마라토너가 길을 몰라 의경에게 물어봤답니다. 그런데 의경이 길을 잘못 가르쳐주는 바람에 마라토너는 엉뚱한 길로 달리고 말았습니다. 결국 화가 난 마라토너는 그 의경과 시비 끝에 주먹을 날렸다가 구속영장까지 발부받았다고 합니다.

길을 모르면 모른다고 할 것이지, 엉뚱한 길을 가르쳐준 의경의 잘못이 큽니다. 하지만 달려야 할 길을 먼저 알아보지 않고 대회에 참가한 마라토너의 잘못도 큽니다.

달릴 때는 목표가 있고, 달려야 할 길이 명확해야 합니다. 100미터 달리기를 보세요. 트랙에 그어진 줄 안에서만 달려야 하잖아요. 마라톤도 코스가 정해져 있으니, 그 코스로 달려야 하는 겁니다. 그런데 그런 것 없이 달려보세요. 그것은 달리는 게 아니라 헤매는 겁니다. 방황하는 겁니다. 우왕좌왕하는 겁니다.

우리는 인생이라는 마라톤 대회의 마라토너입니다. 목표는 제대로 정해져 있는지, 코스는 제대로 알고 있는지 점검들 해보세요.

산이 있어 산에 오른다

산이기에 산길을 오릅니다. 산길 따라 내딛는 발걸음마다 가쁜 숨을 내려놓습니다. 어두워 쓸데없는 마음들을 내려놓습니다. 곪아버린 마음과 썩어버린 몸을 내려놓습니다. 움켜쥐었던 것들을 한바탕 내려놓으니, 하산하는 발걸음이 한결 가볍습니다.

단풍 시즌이 무르익으면 전국의 명산을 찾는 이들이 많습니다. 딱히 단풍철이 아니더라도 요즘 산을 찾는 이들이 크게 늘어난 것만은 사실입니다.

산을 사랑하는 산악인들은 흔히 산이 있어 산에 오른다고 합니다. 이들은 비가 오더라도 산으로 향합니다. 일반인들이 비가 오는데도 산에 가느냐고 물으면, 화를 버럭 내면서, 당신은 비 온다고 밥 안 먹느냐는 식의 반응을 보이는 산악인도 있다고 합니다.

그런데 산악인도 아닌 일반인들이 왜 그렇게 산을 찾을까요? 산에 뭔가가 있기에 찾는 것입니다. 그러지 않고서야 그 힘든 산에 오르는 일을 왜 하겠습니까?

사람들이 산을 찾는 가장 큰 이유는 건강을 위해서라고 합니다. 병을 얻어 가망이 없다던 사람들이 산을 오르면서 그 병을 이겨낸 경우가 적지 않습니다.

도대체 산이 어떻게 우리를 건강하게 만들까요?

산에 오르면 그 산이 우리들의 욕심을 버리게 만들기 때문입니다. 산에 오를 때, 살던 모습 그대로 급하게 뛰어보세요. 숨이 차서 얼마 가지 못합니다. 이것저것 배낭 속에 욕심을 가득 챙겨보세요. 무거워서 얼마 못 갑니다. 경치 좋다고 눌러앉아 보세요. 잠시 머무를 순 있지만, 오래 머물지 못하는 게 산입니다. 산에 가서 욕심을 부려보세요. 그러다 사고 나고, 그러다 조난당합니다.

산에 오르면서 한 발 한 발 오르는 것이 힘들다보면 다들 자기 짐을 내려놓게 되어 있습니다. 미움 가득한 마음도 내려놓고, 걱정과 근심도 내려놓고, 욕심도 내려놓게 됩니다. 산은 그렇게 모든 걸 내려놓게 합니다. 그러다보면 마음의 병, 몸의 병도 내려놓게 되니, 건강해질 수밖에 없지요.

우리 인생길은 죽을 때까지 올라가야 하는 가파른 루트입니다. 내려놓고 사세요. 걱정도 좀 내려놓고, 욕심도 좀 내려놓고……. 그것이 건강을 되찾고, 건강하게 사는 비결입니다.

걷는 것에도 기술이 있다

가는 길 힘겹다, 발길을 내밀다 말다 합니다. 굽은 어깨로 지루하게 호느적거립니다. 자꾸만 땅바닥에 기운을 질질 흘립니다. 다시, 소월의 꽃잎을 사뿐히 즈려 밟듯 가는 걸음마다 정성으로 지르밟습니다. 벌써 다섯 보나 걸었습니다.

인간이 태어나서 제일 처음 힘들게 배우는 것이 바로 걷기입니다. 젖병을 물고 다리를 바르르 떨어가며 비틀거리는 아가를 보면 다들 박수를 쳐주고, 장하다는 칭찬을 아끼지 않습니다. 이렇게 걷기를 일찌감치 배워서 죽기 전까지 걸어 다니는 게 우리 인간인데, 이 걷기에도 기술이 있다는 사실을 모르는 이들이 많은 듯합니다.

산에 올라가 봤습니까? 산에 펼쳐진 높은 길, 험한 길을 한번 가보세요. 평지를 걷듯 하는 바람에 힘이 더 들고, 올라가다 넘어지고, 그래서 중간에 포기하거나 다치는 등산객들이 많은데, 왜 그런지 아세요? 험한 길, 산길을 걷는 기술을 몰라서 그런 것입니다.

높은 산, 험한 길을 걷는 기술은 간단합니다. 오른발을 내딛을 때는 그 오른발에 체중을 다 싣고, 왼발을 내딛을 때는 그 왼발에 체중을 몽땅 싣는 겁니다. 다시 말해서, 스케이트나 인라인을 탈 때의 동작과 똑같은 이치입니다. 그래야 실족을 피할 수 있고, 험한 길을 지치지 않고 오래오래 걸을 수 있습니다.

흔히 인생을 험한 등산길에 비교합니다. 인생길을 걷는 것도 마찬가지입니다. 내딛는 발에 온몸을 던져야 합니다. 그래야 제대로 걸을 수 있지 내밀다 말고, 몸을 그쪽으로 던지다 말고, 그냥 슬쩍슬쩍 걸어보세요. 가다가 지치고, 가다가 사고 납니다. 옮기는 걸음마다 온전히 집중하세요.

제대로 걸어야 제대로 산다

넉넉한 걸음으로 한 보, 한 보 읊조리며 가는 길을 음미합니다. 다급할지라도 그 옛날 양반처럼 아니 뜁니다. 경박함을 삼가며 한 박자 느린 보행으로 점잖게 나아갑니다. 행여 길 위의 돌부리에 걸려 자빠질까, 방정맞은 실족을 경계합니다.

우리는 한평생 걸으며 살고 있습니다. 그런데 걷는 걸로 따지면, 강원도 사람들을 따라갈 이들이 없습니다. 강원도 사람들을 보세요. 걸으면 걸었지 뛰지 않습니다. 언덕 많고 고개 많은 강원도에서 뛰었다가는 십 리도 못 가서 발병이 날 테니까요. 그렇게 걷기에 노하우가 있는 강원도이기 때문에 국제걷기대회가 강원도하고도 원주에서 열리는 것인지도 모르겠습니다.

우리는 살면서 자꾸 빨리 달리려고 합니다. 돈을 벌기 위해서 달리고, 출세를 위해 달리고, 명예를 얻기 위해 달립니다. 하지만 그렇게 달리지들 마세요.

잠깐 일본역사를 들먹이자면, 일본 막부시대를 연 인물로 도쿠가와 이에야스가 있습니다. 허구한 날 싸움질로 난장판이었던 일본을 평정해, 오늘날 일본이 있게 만든 대단한 인물입니다. 이 인물이 이런 말을 했습니다.

"인생이란 죽는 순간까지 무거운 짐을 짊어지고 걸어야 하는 길이다."

노부나가는 뛰다 죽었고, 그 뒤를 이어 임진왜란을 일으킨 도요토미 히데요시는 뛰다 못해 촐싹대다가 죽었는데, 이 도쿠가와 이에야스는 한 발 한 발 걸어서 성공을 한 인물입니다. 한마디로 제대로 걸은 것이지요.

죽어야 끝이 나는 것이 인생길입니다. 달리다 넘어지고, 달리다 지치면 누구 손해겠습니까? 자기만 손해 보는 겁니다. 그래서 '워크 돈런Walk Don't Run', 뛰지 말고 걸으라는 서양의 경구가 전해져 내려오는 것입니다.

이제 또 머지않아 걷기대회가 열리겠지요. 대회가 있을라치면 많이들 참가하세요. 그리하여 왜 뛰지 말고 걸으며 살아야 하는지를 음미해보세요. 그렇게 걷는 즐거움 속에서 아름다운 한반도의 자연에 한번 푹 빠져보세요.

또 바꾸는 국새

여와 야가 서로 죽어라 주먹을 날립니다. 국새를 감싼 인장 테두리가 깨져버립니다. 노와 사가 서로 개의 핏줄을 들먹이며 발길질을 합니다. 용 대신 들어선 봉황이 부스러집니다. 오른편과 왼편이 해묵은 물감 놀이로 서로의 목을 조릅니다. 국새 속의 엉터리 글자체가 금 가듯 한반도가 자꾸만 금이 갑니다.

우리 겨레의 뿌리를 마음에 되새기는 어느 개천절 직전, 아주 충격적인 뉴스가 있었습니다. 국새에 금이 갔다는 보도였습니다. 우리나라를 대표하고 상징하는 도장, 만든 지 6년밖에 안 된 그 국새가 망가져 다시 만들겠다는 것이었습니다.

국새는 국가의 상징물로 오랜 세월이 지나도 변함이 없어야 합니다. 그런데 그런 귀한 물건을 엉터리로 만들었다니요! 도대체 그게 무슨 망신입니까?

하지만 다행인지 불행인지, 용이 새겨져야 할 국새에 봉황이 새겨진 것도 문제고, 글자체도 한자 전서체를 따왔으니 문제고, 여러

170

모로 문제가 많은 국새였다고 합니다. 그러니 제대로 만들어 바꾸면 큰 문제가 될 게 없습니다.

사실, 진정한 문제는 국새가 아니라 이 나라입니다. 우리는 지금 우리가 이 나라를 제대로 만들어가고 있는지 깊게 반성해봐야 합니다.

조상님들께 물려받은 이 나라, 망가진 국새처럼 불량국가로 만드는 일은 절대로 없어야 할 것입니다. 국새야 잘못되어도 다시 만들면 그만이지만, 국가는 한번 잘못되면 돌이킬 수 없습니다. 잘못되면 나라가 망해 아예 없어지는 겁니다.

내 사랑 한글

나랏말싸미 듕귁에 달아 문자와로 서르 사맛디 아니할쌔…… 세종대왕이 목 놓습니다. 집현
전에 엎드려 대성통곡합니다. 내 이랄 위하야 어엿비너겨 새로 스믈 여듧짜랄 맹가노니……
스물여덟 자가 민망하여 고개 숙입니다. 세계화를 앞세운 꼬부랑 영어에 치여 웅크립니다.

요즘 한글은 못해도 누가 뭐라 하는 사람이 없는데, 영어를 못
하면 된통 괄시를 받습니다. 한글 맞춤법이 틀리고, 말들을 이상하
게 하는데도, 그것을 문제 삼는 데는 없습니다. 하지만 토플이니 토
익이니 영어능력시험 점수가 낮으면 취직을 할 수가 없습니다. 무
슨 이따위 경우가 다 있는지, 정말 속이 상할 일입니다.

유태인은 2천 년 동안이나 나라가 없었습니다. 그럼에도 불구하
고 이스라엘을 건국할 수 있었던 힘이 어디 있었겠습니까? 그것은
그들이 2천 년 동안 히브리어를 지켜냈기 때문입니다.

세상에서 사라진 나라, 사라진 민족들의 공통점은 그들은 하나

같이 제 나라 말을 잃어버렸다는 것입니다.

　말을 할 줄 안다는 것은 상대를 설득할 줄 안다는 뜻입니다. 말로 상대를 설득하기가 얼마나 어려운 줄 아세요? 우리말을 쓰는 우리도 상대를 설득하기가 힘들지 않습니까? 그런데 영어학원 몇 년 다니고 토익, 토플 점수 높다고 그 나라 사람들을 설득할 수 있겠습니까? 그 나라 사람들끼리도 설득하기 어려운 것을요.

　외국에 나가보세요. 의사소통하는 데는 단 네 마디면 됩니다. 외국서 물건을 살 때나 음식을 시킬 때 헬로, 하면 됩니다. 그런 다음 물건이나 음식을 가리키면서 플리즈 디스, 이러면 그 물건, 그 음식을 내줍니다. 그러고는 돈 내고 땡큐, 하면 끝나는 겁니다.

　살면서 돈을 벌기 위해 외국에 나가는 일이 얼마나 됩니까? 다들 돈을 쓰러 나갈 뿐입니다. 나가면 그저 영어 단어 네 마디면 됩니다. 내가 내 돈 쓰겠다는데, 아쉬울 게 없잖아요.

　영어 공부할 시간에 우리말, 우리글 좀 배우세요. 영어가 필요하지도 않은 이들까지 쓸데없이 영어 배우느라 돈 버리고 시간 버리지 말자고요.

영어, 그게 전부가 아니다

리슨 앤 리피트. 영어사전을 펴놓고 꼬부랑 발음을 되새김질합니다. 일곱 살짜리 막내가 'ㄱ'
은 기억이 맞아? 기역이 맞아? 합니다. 기억이란다. 막내가 고개를 갸웃합니다. 토플을 펴놓
고 꼬부랑 단어를 줄줄 외웁니다. 여덟 살짜리 첫째가 그리고는이 맞아? 그러고는이 맞아?
합니다. 그리고니까 그리고인란다. 첫째도 고개를 갸웃합니다. 내 얼굴이 빨개집니다.

"나는 스파이가 아니다. 내 모국을 사랑했을 뿐이다."

이것은, 미국의 군사비밀을 누설했다며 스파이 혐의로 10년간
옥살이를 한 로버트 김 선생이 한 말입니다. 아무런 대가도 없이,
이 나라의 안위가 걱정이 돼 머리가 아니라 가슴이 시키는 대로 우
리에게 정보를 건넸다가 옥살이를 한 것입니다.

누가 뭐래도, 이 시대에 로버트 김 선생만 한 애국자도 없을 것입
니다. 그런데 그 로버트 김 선생이 이런 말을 했습니다.

"영어, 그게 전부가 아니다."

한글 맞춤법 하나 제대로 못 가리면서 토익이니 토플이니 달달
외우고 있는 이들한테는 뜨악한 말이겠지만 실상, 영어가 전부는

아닙니다.

로버트 김 선생이 "영어를 잘하기 위해 혀를 수술했다"느니 "영어권 국가 조기 연수 열풍으로 기러기 가족이 생겼다"느니 이런 얘기를 들었다면서 "그러나 영어가 전부는 아니다"라고 말한 까닭이 뭐겠습니까?

"국어와 국사를 모르는 어린아이가 영어만 배우고 와서 할 수 있는 일은 하나도 없다"는 게 로버트 김 선생의 말씀입니다.

『손자병법』에서 동양의 위대한 전략가 손자는 '지피지기면 백전백승'이라고 했습니다. 나를 알고 남을 알아야 싸움에서 이기지, 나를 모른 채 남만 알고 싸우면 백전백패를 당하고 맙니다. 로버트 김 선생은 그 말씀을 하고자 했던 것입니다.

세상에는 배워야 할 것이 정말 많습니다. 그 배움 중에 제일 기초가 되고 제일 중요한 학습은 바로 나부터 아는 것입니다. 오죽했으면 그리스 델포이 신전에 '너 자신을 알라'는 말이 씌어 있고, 소크라테스가 그 말을 그토록 강조했겠습니까?

한때 미국에서 잘나가던 로버트 김 선생이었습니다. 하지만 자신이 누군지를 잊지 않고, 그래서 결국 우리를 위해 옥고를 치른 선생의 행위는 애국행동이었습니다.

영어, 그게 다인 줄 아세요? 미국에 한번 가보세요. 영어 잘하는 비렁뱅이들, 정말 많습니다.

범사에 감사하자

> 괘종이 자꾸만 새날을 알립니다. 오늘도 깨어났습니다. 그래서 감사합니다. 맑은 하늘이 상쾌합니다. 오늘도 숨을 쉽니다. 그래서 감사합니다. 다시 시계를 봅니다. 지각입니다. 오늘도 상사의 잔소리를 들을 수 있는 직장이 있어 감사합니다. 세상 천하 부러울 것이 없는 나입니다.

성경 구절 하나를 살펴봅니다. 종교적인 목적으로 성경을 펼치라는 건 아닙니다. 이 말씀은 종교를 가졌든 안 가졌든, 세상을 행복하게 살고 싶으면, 특히 부자로 살고 싶은 분들이라면 꼭 알아야 할 구절입니다. 데살로니가 전서 5장 18절을 보면 이런 말씀이 나옵니다.

'범사에 감사하라.'

범사가 뭐겠습니까? 평범한 일, 하찮은 일, 작은 일을 말하는 것입니다. 그런 일에 감사하라. 바로 이 말씀 속에 축복받고, 행복하고, 부자 되는 비결이 들어 있습니다. 범사에 늘 감사하며 사세요.

집에 자녀의 친구들이 놀러왔는데, 한 아이가 인사도 잘하고, 뭘 주든지 감사해하면서 기뻐한다면 기분이 어떻겠습니까? 더욱이 그 아이가 여러분을 마치 친부모처럼 따른다면 어떻겠습니까? 여러분도 그 아이가 기특하여 친자식 이상으로 뭐든 아낌없이 주고 싶은 마음이 들 것입니다.

신의 입장에서 보면, 우리는 신이라는 집주인 댁에 놀러 온 아이들입니다. 그런데 우리가 그곳에서, 입술을 내밀고 불평이나 하면서 투정을 부린다면 어떻게 되겠습니까? 참다 참다 꿀밤이라도 쥐어박든가 심하면 가라고 쫓아낼 겁니다.

하지만 꼬박꼬박 인사 잘하고 뭘 주든 고마워하고 기뻐한다면, 다시 말해서 범사에 감사한다면 그 집주인이 어떻게 하겠습니까? 그 기뻐하는 모습에 역시 기뻐하며 있는 것들을 죄다 퍼주지 않겠습니까?

범사에 감사하세요. 이것이 복을 받는 길이자, 부자가 되는 비결입니다.

자선의 의미

양심보감 82

> 그의 엄지발가락을 만집니다. 나의 머리가 아파옵니다. 그녀의 새끼발가락을 만집니다. 나의 귀가 아파옵니다. 그들의 발바닥을 매만집니다. 나의 뱃속 오장육부가 아파옵니다. 그와 그녀가 아프면 나도 아픕니다. 우리는 함께 가야 할 하나의 공동체입니다.

앞에서도 말씀드린 바 있지만, 누가 뭐래도 이 시대의 애국자 중에 애국자라고 할 수 있는 분은 로버트 김 선생입니다. 그 로버트 김 선생이 편지를 보내왔습니다.

그 편지의 말미에는 술을 덜 마시고 술 마실 돈으로 자선을 하자는 바람이 담겨 있었습니다. 몸 망가지고, 시간 버리고, 귀가했을 때 저 인간 또 술 마시고 왔다며 구박받는 것보다 자선이 백 번 바른 일인 것만은 사실입니다.

로버트 김 선생이 그런 제의를 한 데는 깊은 이유가 있습니다. 미국에서는 열 명 중 여덟 명이 자선 기부를 하고 있다고 합니다. 미국이라는 나라가 돈을 거저 벌고, 그 나라 국민들이 다들 부자로 살아서 그러는 것이 아닙니다.

세상 어느 나라에서든 사람이 살아가는 것은 빡빡하게 마련인데 그런 사람들이 왜 그렇게 기부를 하겠습니까? 미국인 열에 일곱은 그게 옳은 일이라서 한답니다. 자선 기부를 미국인들은 왜 옳은 일이라고 생각할까요? 그 이유는 간단합니다.

우리의 몸을 보세요. 심장, 폐, 위, 신장, 대장, 소장 등의 오장육부가 있지만, 우리는 머리를 제일 중요하게 생각합니다. 신체부위 중 머리는 뼈로 죄다 감싸져 있습니다. 그만큼 중요한 기관이라는 것이지요.

머리를 지도층, 부유층이라고 한다면, 그 나머지 오장육부는 중산층이나 빈곤층이라고 할 수 있습니다. 그런데 우리 신체는 뇌사 상태에서도 살아 있을 수 있습니다. 하지만 심장이나 폐나 중요 장기가 없으면 살아갈 수 없습니다. 우리 오장육부 중 한 가지만 망가져보세요. 신장이 망가지면 간장도 망가지고, 간장이 망가지면 심장이 망가지게 돼 있습니다. 그뿐만이 아니라 간장이 너무 튼튼하면 신장을 망가뜨리고 신장이 너무 튼튼하면 폐를 다치게 합니다. 결론은 오장육부가 조화를 이뤄야 건강할 수 있다는 것입니다.

자선이란 바로 그 오장육부가 서로 조화를 이루도록 하는 것, 다시 말해 우리 사회 각계각층을 건강하고 튼튼하게 만드는 비책, 우리 모두를 위한 비방입니다.

서로 돕고 사세요. 그것이 또한 나를 돕는 방법이니까요.

모든 것에는 때가 있다

도깨비 같은 고난이 젊은 때를 알아보고 들러붙습니다. 모진 고난이 젊음이라는 이름을 죄어 칩니다. 야속한 고난이 젊음 위에 오늘의 고생을 뿌립니다. 그러고는 미래를 접붙입니다. 머지않은 오늘, 뿌려진 고생만큼 탐스러운 열매가 주렁주렁 맺힙니다.

봄이 가면 여름이 옵니다. 그러고는 가을이 오고 다시 겨울이 옵니다. 끊임없이 순환하는 계절에 따라 만물도 때에 걸맞게 변화합니다. 물론 사계절에만 때가 있는 게 아니라 세상 모든 것에도 때가 있습니다.

성경의 구약성서 중 전도서 3장 1절에 이런 말씀이 나옵니다.

'모든 것에는 때가 있다.
하늘에서 일어나는 모든 일에는 다 정해진 때가 있다.
날 때가 있고 죽을 때가 있으며

심을 때가 있고 심은 것을 뽑을 때가 있다.'

오늘을 사는 우리가 정말 소중하게 가슴에 새겨야 할 구절입니다.

계절이 윤회하듯, 새롭게 시작해야 할 연초가 있으면 마무리를 해야 할 연말도 오게 마련입니다. 그런데 우리가 한 해를 살면서도 봄에 할 일, 여름에 할 일, 가을에 할 일, 겨울에 할 일이 모두 다릅니다. 하루를 살면서도 아침에 할 일, 점심에 할 일, 저녁에 할 일이 모두 다릅니다. 이렇듯 인생을 살면서도 해야 할 일, 해야 할 때가 따로 있습니다.

요즘, 취직이 안 돼서 마음 졸이고 낙망하는 젊은이들이 많습니다. 하지만 너무 걱정하지 마세요. 젊어서 고생은 사서라도 하라는 말이 있지 않습니까? 젊은 시절은 누구나 고생하는 때입니다.

흔히 젊음을 한여름에 비유하는데, 한번 여름을 떠올려보세요. 폭염에, 태풍에, 그리고 각종 전염병에 얼마나 고생이 많은 때입니까? 젊은 시절이 원래 그렇게 고생스런 때입니다.

하지만 여러분의 오늘이 고생으로만 끝나는 것은 아닙니다. 오늘의 고생이 내일의 밑거름이 돼, 이제 머지않아 여러분은 큰 거목이 될 것입니다. 그것을 믿으세요. 그리고 힘내세요.

갈림길

오르페우스처럼 갈 길을 연주합니다. 여러 갈래의 길 중 갈 길은 하나입니다. 에우리디케 같은 내 운명을 이끌고 가면 됩니다. 앞만 보고 갑니다. 광명이 보인다, 뒤돌아 한눈팔면 안 됩니다. 등을 돌려 곁눈질하는 순간, 에우리디케는 사라집니다. 갈 길이 멍멍해집니다.

얼마 전, 대검찰청 앞에 위치한 음식점에 갔다가 화장실을 들렀습니다. 요즘 우리나라 화장실이 깨끗하고 모양 있기로 세계적으로 알려져 있잖아요. 그 음식점 화장실도 아주 깨끗했습니다. 그런데 화장실 소변기 앞에 예쁜 글씨가 눈에 들어왔습니다.

옛날에는 화장실 글이라는 게 뻔했습니다. '한 걸음만 더 가까이!' 또는 '남자가 흘리지 말아야 할 것은 눈물만이 아니다' 뭐 이런 글들이었는데, 요즘은 그게 아니더군요. 그 음식점 화장실에는 가슴에 와 닿는 좋은 글이 주옥처럼 새겨져 있었습니다.

그것은 '갈림길'에 대한 천상병 시인의 글이었습니다.

내일의 운명을 가르는 갈림길에 섰을 때,
무엇이 나의 길인지 깊이 생각해야 합니다.
나의 길은,
선택하지 않은 나머지 다른 길을 돌아보지 않는 것이며,
나의 책임 아래 세상 끝까지 가야 하는 길입니다.

어떻습니까? 무릎을 칠 만하지 않습니까? 인생에는 수많은 길이
있습니다. 판검사, 의사, 변호사, 정치인, 공무원, 직장인……. 이것
이 모두 우리가 선택하는 길입니다. 그 길을 선택하고 나서는 선택
하지 않은 다른 길을 돌아보지 않는 것, 그게 나의 길이라니…….
정말이지 감동할 수밖에 없는 내용입니다.

요즘, 우리를 보세요. 남의 길, 다른 길을 넘보는 사람이 얼마나
많습니까? 우물을 파려면 한 우물을 파고, 길을 가려면 한길을 가라
고 했습니다. 우리가 왜 일류가 되지 못하고 이류, 삼류에서 머무는
지 아십니까? 이류도 아니고, 삼류 소리를 듣는 데는 다 이유가 있
습니다.

길을 가려면 한길을 가서, 각자가 그 길에서 명인이 되어야 하고
장인이 되어야 하는데, 좀 배웠다는 사람일수록 남의 길, 다른 길을
껄떡거려 그런 것입니다. 돈을 벌고 싶으면 장사를 하세요. 명예로
운 길을 가면 됐지, 돈 버는 길을 왜들 그렇게 껄떡거립니까?

제발 한길을 가세요.

85 축구에서 배우자

> 인저리 타임Injury Time을 잘라먹으며 경기장 한복판을 휘슬이 가릅니다. 일순간 그라운드에
> 붉은 악마의 환호성이 터집니다. 대~한민국! 땀으로 흥건한 태극전사들이 한데 뒤엉킵니다.
> 관중들도 선수들도 목청이 터집니다. 대~한민국! 지금은 일도강산, 우리는 하나입니다.

아드보카트호가 출범된 이래로 축구팬들의 기대가 한껏 높아졌습니다. 유럽이며 북아메리카며 전지훈련에서 보여준 우리 축구 대표팀의 활약 덕분에 우리는 그렇게 기뻐했고, A매치가 끝나고 나면 스트레스를 풀고 단잠을 잘 수 있었습니다.

얼마 전으로 돌아가 보세요. 2002년에는 그렇게도 잘 싸웠던 우리 대표팀인데, 하는 경기를 보면 얼마나 속이 터질 지경이었습니까? 그래서 우리가 얼마나 스트레스를 받았습니까? 속은 또 얼마나 상했습니까? 그 당시, 축구팬들이 홧김에 마시고 버린 소주병을 모으면 상암 월드컵경기장보다 크면 컸지, 작지는 않았을 것입니다.

우리 축구 대표팀은 이제 자기 능력껏 사심 없이, 혼신의 힘을 다해 뛰고 있습니다. 우리는 그 모습에 환호성으로 열광합니다. 우리는 선수들의 선전에 박수를 보내고, 선수들은 우리의 박수에 더 힘을 내고, 그래서 한 게임 한 게임, 기쁜 결과가 만들어지고 있습니다.

그런데 우리 국민의 대표팀이 축구 대표팀만 있는 것은 아닙니다. 국민이 직접 손으로 뽑은 대표팀, 국회의원들도 있습니다. 누가 그러더라고요. 국회의원이 동네 볼이냐, 여기서 차고, 저기서 차고, 개나 소나 막 찬다. 개나 소나,라고 했는지 안 했는지 확인은 안 되지만, 좌우지간 그런 뉘앙스의 말이 있었던 것은 사실입니다.

어쨌든 그런 볼멘소리를 하기 전에 국회의원들, 요즘 우리 축구 대표팀처럼만 뛰어보세요. 국가대표로서 뛰는 자리에 소속팀이 어디 있습니까? 태극기 앞에서 대한민국의 영광을 위해 혼신의 힘을 다하는 축구 대표팀을 보세요. 국민들은 그 모습을 보고 열광한 것입니다.

제발 대표팀 같은 대표들이 되어보세요. 소속팀이 뭐 그리 중요합니까? 이 나라, 이 국민을 위해서라면 그런 거 생각 말고, 더도 말고 덜도 말고 우리 축구 대표팀처럼만 뛰세요.

성공하는 비결

좁은 문을 엽니다. 어머니의 품처럼 넓은 바다가 푸른빛 어장으로 몰려옵니다. 냉혹한 붉은 기운은 그 어디에도 없습니다. 어부의 외길 인생, 통통배 위에서 신바람 나게 어망을 드리웁니다. 유유자적으로 더러 바닷새들에게 나눠줍니다. 해넘이 즈음이면 항상 만선입니다.

요즘 유행하는 경제용어 중에 '블루오션'이라는 말이 있습니다. 블루오션이란 붉은 피를 흘려야 하는 예전의 경쟁시장 개념에 얽매이지 않고 경쟁 없는 새로운 시장, 다시 말해서 푸른 바다Blue Ocean와 같은 새로운 시장을 개척한다는 뜻을 가지고 있습니다. 이 전략으로 대박을 쳐 성공한 기업들이 한둘이 아닙니다.

우리도 인생에서 성공을 하고 싶으면 경쟁이 없는 문을 찾아서, 거기에 전력투구를 하면 됩니다. 그런데 이 블루오션과 비슷한 말이 성경에도 있습니다.

좁은 문으로 들어가라. 멸망으로 인도하는 문은

크고 그 길이 넓어 그리로 들어가는 자가 많고
생명으로 인도하는 문은 좁고 길이 협착하여
찾는 이가 적음이라.

세상에서 사람들이 찾지 않는 좁은 문이란 무엇일까요? 내 코가 석자인데도 남을 돕고 사는 것입니다. 다들 자신을 위해 사는데, 그러한 사람들 중에서는 성공한 이가 별로 없습니다.

CEO니 대학총장이니 대개의 성공한 사람들은 공통적으로 남을 위해 일하고, 남을 위해 열심히 뛴 이들이었습니다. 공부해서 남 주고, 돈 벌어서 남 주겠다고 사는 그런 이들이 다들 성공을 거머쥐었습니다.

오늘도 성공하려고 발버둥 치는 이들이 많습니다. 그런 분들께 좁은 문을 권하고 싶습니다. 남이 안 가는 길, 남을 위해 사는 길, 그게 성공의 길입니다.

지금, 어려운 이웃이나 복지시설이 눈에 들어옵니까? 그러면 작은 마음일지라도 함께하세요. 그러면 성공의 길로 들어서게 됩니다.

기술을 배우자

주먹질을 합니다. 발길질도 합니다. 들이박습니다. 이번엔 망치와 정으로 껍데기를 겨눕니다. 서툴러서 멍들고 쓸리고 핏줄이 터질지라도, 연달아 내리칩니다. 반드시 하나의 세계, 알을 깨뜨리고 태어나야 합니다. 이윽고 제대로 박힌 정 틈새로 금이 쫙 갈라집니다. 성공이라는 이름의 또 다른 아프락사스가 눈앞에서 번쩍입니다.

세상을 살면서 제일 확실한 밥벌이는 기술이라며 기술자가 되기 위해 달려들었던 시절이 있었습니다. 그런데 요즘은 기술자들이 푸대접을 받고 있다고 합니다. 정말 안타까운 현실이지요.

세계기능올림픽대회에 나가서 금메달을 딴 기술자들이 밥벌이는커녕, 일감이 없어 굶어 죽는다는 소리를 할 지경이라고 합니다. 어쩌다 기술자들이 이렇게 찬밥 신세가 됐고, 왜들 그렇게 기술을 발바닥으로 보는지 걱정이 아닐 수 없습니다.

분명한 것은 잘살려면 누구나 기술을 배워야 한다는 것입니다.

우리는 경쟁에서 이기려고 합니다. 그리고 행복하게 살고 싶어 하고, 부자가 되고 싶어 합니다. 그런데 말입니다, 경쟁에서 이기고, 행복해지고, 부자가 되는 것이 그냥 되는 일이던가요? 이기는 것도 기술이고, 행복해지는 데도 기술이 필요하고, 부자가 되는 기술도 따로 있습니다.

고기도 먹어본 이가 많이 먹습니다. 고기 먹는 데도 기술이 필요하다는 말입니다. 그 기술은 결코 저절로 습득되는 게 아닙니다. 어느 분야에서든 기술자가 되기 위해서는 피나는 노력과 함께 눈물밥도 먹어야 합니다.

무조건 이기려고 하지 마세요. 그 기술도 안 배우고 행복해지겠다고, 부자가 되겠다고 나서지 마세요. 피나는 노력도 하고, 눈물밥도 먹어야 행복을 품에 안을 수 있습니다.

머리 나쁜 사람은 백 년을 해도 안 된다?

장대비를 가르며 한 종족이 유토피아로 향합니다. 험난한 산길과 바닷길의 갈림길에서 무리 역시 두 무리로 갈립니다. 천재들이 지름길 바다를 가리킵니다. 비웃음을 무릅쓰고 바보들은 오로지 산길을 고집합니다. 폭풍우가 몰아칩니다. 바보들은 묵묵히 산길을 걸어갑니다. 격정의 바다, 사나운 풍랑이 뗏목 위의 천재들을 단번에 집어삼킵니다.

얼마 전에 있었던 경찰청장의 부적절한 발언을 기억합니까? 머리 나쁜 사람은 백 년을 해도 안 된다는 말이었습니다. 이게 무슨 호랑말코 같은 소리인지 모르겠습니다.

어쩌다 이런 막말이 나왔는가를 알아봤더니, 경찰 채용 시 키나 몸무게, 평발 등의 신체조건을 제한하는 것에 대해 국가인권위원회의 개선 권고가 있은 뒤, 기자 간담회에서 나온 말이었습니다.

외모는 천부적이지만 필기시험은 노력하면 되는 게 아니냐는 기자의 질문에 아랑곳하지 않고 나온 이 발언은, 결국 머리도 천부적인 것이다, 뇌 수술한다고 머리가 좋아지느냐는 논리였습니다. 다시 말해 필기시험을 보는 것은 신체조건을 제한하는 것과 똑같은 데, 왜 신체조건을 제한하는 것에 문제를 삼느냐는 볼멘소리였습니다.

우리 속담에 '우물을 파도 한 우물을 파라'는 말이 있습니다. 이는 머리 좋은 척하지 말고 미련해라, 집중해라, 라는 뜻입니다.

'열 가지 재주를 가진 여우가 굶어 죽는다'는 속담도 있습니다. 머리 좋다고 폼 잡고 잔머리 굴리다 망한다는 것입니다. 아이큐 100이나 아이큐 150이나 그게 무슨 차이입니까? 서울대 학생들의 아이큐를 한번 테스트해보세요. 그들은 머리가 좋은 게 아닙니다. 집중을 잘하고, 공부하는 법을 알고 있을 뿐입니다.

머리 나쁜 사람은 백 년을 해도 안 된다는 그 말이 맞을지도 모르지만 머리 좋은 사람은 천 년을 해도 안 됩니다. 머리 좋다는 이들이 세상을 이끌어왔는데, 지금 세상이 어떻습니까?

자연재해로 언제 어디서 어떤 일이 터질지 모를 지경에 와 있습니다. 세계 인구 절반 이상이 기아에 허덕이고 있습니다. 그 좋은 머리들을 가지고 왜 이 모양들을 만드는 겁니까?

머리 좋은 것 자랑 마세요. 좋은 머리, 그다지 자랑할 것이 못 됩니다. 세상은 머리 나쁜 사람들, 우직한 사람들, 그런 사람들이 지켜온 것입니다.

어디서 어떻게 시작해야 하는가

층층이, 아득한 계단 행렬을 한없이 올려다봅니다. 발품 없이 단번에 저만치로 갈 요량을 결단코 내려놓습니다. 시방은 밑바닥, 미약한 첫발을 계단에 올려놓습니다. 한 발, 한 발, 내딛는 발길 위로 다음 계단을 노려봅니다. 발걸음마다 지르밟은 계단이 쌓여갑니다.

우리 주변에는 뭔가를 새로이 시작하는 이들이 많습니다. 잘나가던 회사를 그만두고 장사를 시작하는 이도 있고, 직장 잡기를 포기하고 가게를 시작하는 이도 있습니다. 그러기 위해서 어디서 어떻게 시작해야 할지를 몰라 고민하는 이들도 적지 않습니다. 과연 어디서 어떻게 시작해야 할까요?

유교 경전의 하나인 『중용』 제15장에 보면 군자가 중용의 도를 실행할 때, 가까운 곳에서부터 한 발 한 발 먼 곳에 이르듯, 또는 낮은 곳에서부터 한 발 한 발 높은 곳에 이르듯 해야 한다,고 나옵니다. 좋은 말인 것은 확실하지만, 무슨 뜻인지 쉽게 이해가 안 갈 것입니다.

높은 산이 있습니다. 세상의 그 어떤 산도 갑자기 높아지는 산은 없습니다. 낮은 산이나 높은 산이나, 저 아랫동아리 산언저리에서부터 시작합니다.

큰 강이 거대한 물줄기로 흐릅니다. 그 강이 아무리 거대한 강일지라도 그 시작은 저만치 아득한 상류, 졸졸거리는 샘물에서부터입니다. 처음부터 수백 미터의 폭으로 시작되는 강은 없습니다.

우리의 시작도 마찬가집니다. 가까운 데부터 한 발 한 발, 낮은 곳에서부터 한 발 한 발 가면 됩니다. 그렇게 오르다보면 높은 산 정상에 오르게 되고, 그렇게 흐르다보면 어느새 자신도 모르게 큰 강물로 흐르게 돼 있습니다.

지금 한 발 한 발 나아가면서, 언제 저 길까지 가나, 언제 저만큼 커지나, 하며 끝없이 한숨을 내쉬고 있습니까? 집채만 한 눈사람도 조막만 한 눈 뭉치에서 시작한다는 사실을 잊지 마세요. 다시 한 번 힘들 내세요.

건강하게 사는 법

퀴퀴한 방에 들어서기 무섭게 창문을 열고 먼지떨이로 구석구석 쌓인 먼지를 텁니다. 분노와 질투, 이기심으로 얼룩진 스트레스들이 방바닥에 수북합니다. 널브러져 쓸데없는 마음들을 빗자루로 싹싹 쓸어냅니다. 쓰레받기에 담아 휴지통에 처넣습니다. 이제야 비로소 살 것 같습니다.

건강에 대한 관심들이 높아져, 동네마다 한 집 건너 한 집꼴로 헬스클럽이 생겨나고 있습니다. 그뿐입니까? 주말이면 산을 타고, 자전거를 타고, 마라톤에 인라인스케이트를 타는 이들이 크게 늘었습니다.

헬멧을 쓴 채 몸에 착 달라붙는 옷을 입고 인라인스케이트를 타는 한강변의 젊은이들을 보고 있노라면 얼마나 아름답고 건강해 보이던지…….

그런데 건강이란 운동만으로 해결되는 게 아닙니다. 뻔한 얘기같지만, 마음의 건강이 몸의 건강만큼 중요합니다. 한번 보세요. 암의 발생 원인 중 가장 큰 원인이 무엇이겠습니까? 알다시피 스트레스입니다. 그 스트레스라는 것, 그게 마음의 병이 아니고 무엇이겠습니까?

몸의 건강을 위해 운동도 좋지만 좋은 환경, 건강한 환경에서 사는 것 또한 중요합니다. 안방에 냄새나는 더러운 쓰레기 더미가 쌓여 있다고 상상해보세요. 아무리 운동을 해도, 그 쓰레기 악취와 병균들 때문에 병이 들 수밖에 없을 것입니다.

그런데 안방 쓰레기보다 더 우리의 건강을 해치는 것이 있습니다. 안방 쓰레기야 건넌방에 가면 피할 수 있지만 우리 마음에 잔뜩 쌓인, 악취와 독기 어린 쓰레기는 피할 방법이 없습니다.

우리 마음의 그 쓰레기는 올바르지 못한 마음, 분노나 질투 같은 감정들입니다. 우리의 건강을 위해 좋은 환경을 만드세요. 우리 마음속 쓰레기를 없애버리세요.

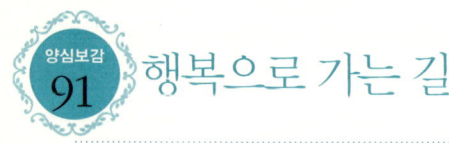

오래된 우편함에서 백금 열쇠를 꺼냅니다. 그것으로 현관을 엽니다. 오래된 신발장에서 황금 열쇠를 꺼냅니다. 그것으로 방문을 열고 들어갑니다. 책장이며 책상이며 옷장이며 빛으로 눈부신 열쇠가 서랍마다 가득합니다. 항상 내 곁에서 갈 길을 열어주는 행복열쇠들입니다.

왜 사는가? 이런 질문을 받으면, 어떻게 대답하겠습니까? 선뜻 답하기 쉽지 않은 질문입니다.

돈을 벌기 위해서 산다는 말도 궁색한 대답 같고, 출세를 위해 산다는 대답도 만족스럽지 않고, 좋은 사람 만나 결혼하기 위해 산다는 것도 정답은 아닌 듯하잖아요. 하지만 그것들은 다 똑같은 말입니다. 모두가 정답입니다.

돈을 벌고, 출세를 하고, 결혼을 하려는 게, 따지고 보면 다 행복하기 위해 그러는 것 아닐까요?

치르치르와 미치르가 주인공인 『파랑새』라는 유명한 희곡이 있습니다. 파랑새를 찾아 온 세상을 뒤졌지만, 파랑새는 다른 곳이 아닌 바로 내 옆에 있었다는 이야기입니다.

여기서 말하는 파랑새가 바로 행복입니다. 다시 말해서 행복이란 돈을 많이 번다고 이뤄지는 것도 아니고, 출세를 했다고 찾아지는 것도 아니고, 결혼을 잘했다고 얻어지는 것도 아닙니다.

우리가 행복을 위해 돈을 벌려 하고, 출세하려 하고, 결혼도 하려는 것인데, 정작 행복이란 그렇게 해서 찾아지는 게 아니고 우리 옆에 있는 것이라고 했습니다. 그런데 도대체 그게 우리 옆 어디에 있는지 모르니 얼마나 답답한 노릇입니까?

행복이란 우리 옆 어디쯤에 있을까요? 한번 보세요. 우리 옆 어디쯤이 아니라, 우리 주위가 몽땅, 죄다 행복입니다. 직장의 내 책상도 행복이고, 내 옆에서 같이 근무하는 동료도 행복이고, 내 식구와 내 친지들도 모두 행복입니다.

한번 상상해보세요. 혼자만 살아야 한다고 생각해보세요. 로빈슨 크루소처럼 외딴 곳에 혼자 떨어져 살아야 한다고, 또는 감옥살이를 해야 한다면 어떻겠습니까? 지금 이렇게 사는 것, 이것조차도 큰 행복 아니겠습니까?

세상 바로 보기

망원경도 돋보기도 필요 없습니다. 맨눈으로 똑바로 바라봅니다. 하나의 세상이 완벽하게 돌
아갑니다. 물구나무선 채 거꾸로 쳐다봅니다. 두 개의 세상이 조화롭게 돌아가고 있습니다.
톱니바퀴처럼 맞물린 반반의 세상이 바로 보입니다.

각박한 세상, 그래도 아직은 세상을 아름답게 보고 사는 여러
분인 것 같습니다. 어떻습니까? 여러분이라고 왜 안 바쁘고, 여러분
이라고 왜 고민할 게 없겠습니까? 하지만 지금 그런 것 다 미뤄두고
양심보감을 공유하고 있습니다. 분주하여 메마르다는 세상임에도
불구하고 그렇게 자신의 시간을 쪼개 여유를 찾고 있는 여러분입
니다. 이런 여유가 세상을 아름답게 만드는 것이고, 인생을 아름답
게 만드는 겁니다.

우리의 하루는 밝은 낮과 어두운 밤이 있습니다. 낮을 한번 보세
요. 낮이라고 다 밝은가요? 햇볕이 쬐는 데는 밝지만 그 뒤는 어둡

습니다. 밤이라고 다 어두운가요? 불 밝힌 곳은 환하지 않습니까?

다시 말해서, 세상 만물은 밝은 것과 어두운 것이 함께 공존한다는 이야기입니다.

장미를 보세요. 꽃이야 아름답지만 온몸에 가시가 나고, 진드기가 들끓지 않습니까?

돈이 생겨보세요. 문 열어놓고 편히 살던 사람도 창마다 쇠창살 붙이고 갇혀 살게 됩니다.

인생살이가 왜 나만 어렵냐는 말들을 하는데 나만 어려운 게 아니라 다들 어렵습니다.

모 대기업 회장을 보세요. 세계적인 재벌이면 뭐 합니까? 외국 나가서 못 들어오잖아요. 그 사람이 사는 게 사는 것이겠습니까?

사법시험 패스하면 뭐 합니까? 그게 그리 좋지만은 않다고 합니다. 이미 변호사가 넘쳐나 죽을 맛이라고들 하네요.

공부해서 의사됐다고 좋아할 것만도 아닙니다. 빚내서 개업했다 파산하는 의사들이 한둘이 아니랍니다.

세상, 한쪽만 보지 마세요. 그늘진 곳이 있으면 분명 밝은 곳도 있고, 밝은 곳이 있으면 틀림없이 그늘진 곳도 있게 마련인 것이 우리네 인생입니다.

직장인들의 열등감

지옥철 출근길에서부터 팔자타령을 늘어놓습니다. 퇴근길, 높이 솟아올라 불 밝히는 고층빌
딩 밑에서 신세를 한탄합니다. 평사원의 박봉을 쪼개먹는 각종 고지서가 우편함에 가득합니
다. 이놈의 기구한 인생…… . 현관을 열기가 무섭게 토끼 같은 자식과 여우 같은 마누라가 아
빠야, 자기야, 와락 달려듭니다. 나의 사랑, 내가 살아가는 이유입니다.

한 인터넷 취업사이트에서 설문조사를 했더니, 직장인 열 명 중
네 명 이상이 직장생활에서 열등감을 느끼고 있답니다. 또 열등감
에서 비롯된 스트레스로 이직을 고려해본 적 있는 직장인이 세 명
중 두 명꼴이었다고 합니다.

한마디로 우리나라 직장인들이 열등감에 빠져 갈등하고 있다는
것입니다. 사실, 우리 직장인들이 열등감에 빠질 이유는 많습니다.
쥐꼬리만 한 월급으로 아파트 한 채 사기가 어디 쉽습니까? 있는 집
처럼 아이들한테 잘나가는 학원 수강이나 과외를 시킬 수가 있습
니까? 사오정, 오륙도가 내일모레인데, 모아둔 돈마저 얼마 없으니
누구라도 열등감에 빠질 수 있습니다.

하지만 열등감이 무엇입니까? 자기를 비하하고 자기를 학대하는 것입니다.

직장인 남성 여러분은 이미 성공한 사람들입니다. 여러분은 장가라도 갔습니다. 농촌에 가보세요. 베트남처녀와 결혼하라는 현수막이 곳곳에 휘날리고 있습니다.

집에 가면 아내가 돈 못 벌어 온다고 바가지를 긁습니다. 하지만 그것도 감사해야 할 일입니다. 바가지 긁는 아내가 있다는 게 어딥니까? 요즘은 여차하면, 이혼도장을 그냥 애들 장난하듯 찍습니다.

여러분은 코딱지만 한 봉급이라도 나오는 직장에 다니고 있지만, 보세요. 이력서 백 통을 넣고도 직장을 못 구한 이들이 지천에 널렸습니다.

자녀들에게 좋은 과외를 못 시켜서 가슴이 아픕니까? 주변을 돌아보세요. 불임으로 아이가 없어 여러분을 부러워하는 이들이 한둘이 아닙니다.

가진 것이 없다고, 능력이 없다고 지금도 열등감에 빠져 있습니까? 다시 한 번 자신을 둘러보세요. 감사해야 할, 귀한 것들을 정말 많이 가지고 있습니다. 그러니 여러분, 힘내세요.

돌아가는 길이 빠른 길이다

가는 길을 묵직한 바윗돌이 가로막습니다. 하여 돌아서 갑니다. 깊게 팬 낭떠러지가 가는 길을 끊어놓았습니다. 하여 또 돌아갑니다. 숨을 쉬고 있으니, 돌아서 가라면 흔쾌히 돌아서 갑니다. 어느 길로 가든 상관없습니다. 그 길이 제일 빠른 길입니다. 빠르게 가든, 더디게 가든, 가는 길의 마지막, 끄트머리는 하나뿐인 정상입니다.

얼마 전, 등산객 26명이 지리산 야간 산행에서 길을 잃고 조난을 당했다가 천만다행으로 119구조대에 구조됐다는 뉴스가 있었습니다.

요즘 산을 찾는 사람들이 크게 늘었는데, 산에 대한 상식도 없이 무작정 오르는 이들이 많아 그 어느 때보다 사고와 조난의 위험이 높습니다.

산을 탈 때, 우리가 꼭 알아야 할 상식이 몇 가지 있습니다. 그중 잊지 말아야 할 제일 중요한 상식이 산에서는 돌아가는 길이 가장 빠른 길이라는 사실입니다. 산에 가보세요. 곧바로 질러가면 금방 갈 듯한데 길은 이리저리 삥삥 돌아 나 있습니다.

그래서 왜 저렇게 돌아가나, 곧바로 가지, 이러면서 급하게 질러 갑니다. 그러면 얼마 가지 못해 지치고, 미끄러지거나 계곡에 빠져 오도 가도 못하게 됩니다. 그렇게 가보세요. 결국, 구불구불한 길을 따라 간 사람들이 더 빨리 올라가 있는 것을 보게 됩니다.

우리는 인생을 산에 곧잘 비유합니다. 세상을 사는 이치와 산을 오르는 이치가 똑같기 때문입니다.

길을 따라 올라가 보세요. 여유가 생기고, 같이 가는 사람들이 있어 힘든지 모르고, 그리고 곳곳의 풍광을 음미할 수도 있습니다. 하지만 빨리만 오르겠다고 길이 아닌 곳을 질러가 보세요. 줄곧 헐떡거리면서 위태위태하게 산을 오를 수밖에 없습니다.

자신이 뒤처져 간다고 안달하는데, 그러지 마세요. 오르다보면 어차피 정상에서 다 만나게 돼 있습니다. 빠른 걸음으로 오르나, 느린 걸음으로 오르나, 산의 정상은 달라지는 게 아닙니다.

급하지 않게 제 페이스로, 그리고 돌아가는 듯한 길을 따라서 한 발씩 천천히 옮기세요. 그것이 가장 빠른 길입니다.

일간지 사회면을 펼칩니다. 거액의 장학금을 쾌척한 할머니를 읽습니다. 거액의 이면, 할머니의 고된 지난날이 눈에 들어옵니다. 생계를 위해, 5일장 행상에, 막노동에 무릎 관절이 다 상할지언정 부지런함을 놓지 않으셨던 할머니가 근면에 대해 넌지시 한 말씀하십니다.

우리 몸 중에서 제일 중요한 것이 무엇일까요? 손이나 팔, 다리, 오장육부가 모두 중요하지만, 해부학 책을 보면 우리 몸에서 제일 중요한 게 뭔지 금방 알 수 있습니다.

신경은 우리 뇌에서부터 몸 전체로 퍼져 있습니다. 다른 부위로는 대개 굵은 신경 하나가 나가는데, 유독 한 군데만은 네 개의 굵은 신경과 연결되어 있습니다. 그곳은 바로 우리의 눈입니다.

오장육부를 통틀어 신경은 뇌에서부터 하나씩만 나가는데, 눈만큼은 네 개의 신경과 연결되어 있다는 것은 제대로 본다는 게 쉬운 일이 아니기에, 다른 데보다 신경줄기가 더 필요하다는 뜻입니다.

우리는 살면서 다 잘살기를 바랍니다. 부자가 되기를 바랍니다. 그럼 제일 먼저 해야 할 일이 무엇이겠습니까? 부자가 된 사람들이 왜 부자가 됐는지, 어떻게 부자가 됐는지 제대로 봐야 하는 것입니다. 그래야 따라하든지 해서 우리도 부자가 될 것 아니겠습니까?

그럼 어떤 사람이 부자가 될까요? 부자에 관한 말 중에 이런 말이 있습니다.

'작은 부자는 근면이 만들지만, 큰 부자는 하늘이 낸다.'

부자는 내가 되고 싶다고 해서 될 수 있는 게 아닙니다. 근면 혹은 하늘이 만들어주는 것입니다. 부자가 되겠다고 땅 투기하고, 돈 놀이하고 해봐야 말짱 꽝입니다. 근면해보세요. 그것이 부자로 가는 지름길입니다.

시장에서 강냉이를 팔아 모은 1억 원을 장학재단에 쾌척한 경남 창녕의 정외순 할머니. 1억이 작은 돈입니까? 부자나 굴릴 수 있는 돈입니다. 그 돈이 어떻게 만들어졌겠습니까?

제대로 보세요. 부자, 무엇이 그렇게 만들어준 것입니까? 바로 근면입니다. 부자가 되는 보증수표, 근면으로 모두 부자가 되길 기원합니다.

문제없는 사람이 문제

문제없겠어? 나는 문제없어! 입버릇처럼 날마다 문제 앞에서 손을 젓습니다. 문제없음으로 착각하며 거짓말로 문제를 회피합니다. 그럴수록 문제가 더욱 불어납니다. 시종일관 문제없 다는 만용 때문에 결국은 영원히 문제가 사라집니다.

새해 첫날을 맞이하기 직전, 연말에는 풀어야 할 문제들이 정말 많습니다. 직장인들은 그 복잡한 연말정산에서부터 여기저기 펼쳐져 있는 연말 모임 약속까지……. 어디 그뿐입니까? 대출받은 돈의 이자가 높아져 그 이자에 원금 갚는 것도 문제고, 애들 키우며 공부시키는 것도 문제입니다.

그래서 연말이 되면 '나는 왜 이렇게 문제가 많은가?'라는 인생의 회의 속에서 서글퍼하는 이들이 적지 않습니다. 하지만 혼자 그렇게 고민하고 괴로워하지 마세요. 세상 살면서 문제없는 사람은 없습니다. 예수도 부처도, 공자도 맹자도 살면서 문제 많았습니다.

세계적으로 유명한 심리학자 칼 융은 이런 말을 했습니다.

"정신이 멀쩡한 분이 계시면 나한테 데려오십시오. 제가 잘 치료해드리겠습니다."

이것이 무슨 말이겠습니까? 세상에 문제없는 사람은 없다는 이야기입니다.

한번 생각해보세요. 우리 주변에서 사고를 치는 이들이 어떤 사람들인지를……. 바로 문제없다는 사람들입니다. 술 마신 뒤 문제없다던 사람들이 음주사고를 내고, 건강에 문제없다고 큰소리치다 결국 병원신세를 집니다. 하지만 문제가 많다며 고민하는 사람들 보세요. 사고 안 칩니다.

연말이면, 누구나 풀어야 할 문제가 산더미일 것입니다. 그렇다고 한들, 고민으로 고통스러워하지 마세요. 그렇게 문제 있는 것, 그게 제대로 살고 있다는 증거이니까요. 인생은 문제를 풀어가는 것입니다. 더이상 문제가 없다는 것은 영원히 밥숟갈 놓았다는 이야기가 됩니다.

호치민의 '삼꿈' 정신

산골마다 들녘마다 강가마다 오순도순 손잡고 모여 삽니다. 간장 종지에, 총각김치 보시기에, 밥 한 그릇 따뜻하게 둘러앉아 먹습니다. 해거름이 산새를 비출 때까지, 들판을 발그레하게 물들일 때까지, 강물에 황금빛이 가라앉을 때까지 영차, 영차 합심으로 일을 합니다. 어제처럼 오늘도 팔도강산이 바로 섭니다.

매년 12월이 돌아오면 12·12가 먼저 떠오릅니다. 이 땅에 깊이 내려 박혀 있던 독재의 뿌리에 충격이 가해졌으니, 민주화 물결의 계기가 된 날이지요.

그런데 그 열흘 뒤인 12월 22일은 우리가 베트남과 수교한 날입니다. 베트남은 아주 특별한 나라입니다. 어느 나라든 건국신화가 있습니다만, 베트남은 정말 아름다운 건국신화를 가졌습니다.

어느 우물에서 신이 건네준 칼로 베트남은 건국되었습니다. 그러고는 그 신통력 있는 칼을 신에게 그대로 다시 반납했답니다. 그런 마력의 칼이라면, 그것으로 나라를 더 넓히고, 더 많은 기름을 차지하고, 더 큰 땅을 노릴 만도 했을 것입니다. 그런데 그렇게 하지 않고, 칼을 의연히 포기한 것입니다.

베트남 하면 건국신화와 함께 호치민의 '삼꿈' 정신을 말하지 않을 수 없습니다. 베트남 사람들의 정신적인 지도자로서 아직도 존경받고 있는 호치민의 '삼꿈' 정신은 아주 간단합니다.

첫째, 함께 산다는 정신, 둘째, 함께 먹는다는 정신, 셋째, 함께 일한다는 정신. 이것이 호치민의 '삼꿈' 정신입니다.

얼마나 소박하고, 얼마나 아름다운 꿈입니까? 그런데 이 '삼꿈' 정신은 호치민이 다산 정약용 선생의 『목민심서』를 애독하면서 찾아낸 꿈이라고 합니다. 호치민의 '삼꿈' 정신도 위대하지만, 『목민심서』를 낳게 한 우리나라도 위대합니다.

잊을 만하면 임시국회가 공전을 거듭합니다. 다들 공전시킬 만한 나름대로의 이유가 있을 것입니다. 하지만 우리가 국회를 만들고, 12·12사태에 광주민주화운동을 거치면서 그 엄청난 대가를 지불하고 민주주의를 수호하는 이유가 무엇이겠습니까?

함께 산다는 정신, 함께 먹는다는 정신, 함께 일한다는 정신. 호치민의 꿈, 다산 정약용 선생의 정신을 잃어버린 채 나만 산다, 나만 먹는다, 우리끼리만 하겠다, 이런 심보들이라면, 지나간 세월과 지난날 우리가 흘린 피를 모두 망각하는 것입니다. 몽땅 날려버리는 것입니다.

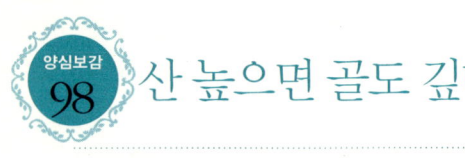

산 높으면 골도 깊다

산비탈을 오릅니다. 위로 한 발씩 내딛을수록 후들거리는 다리가 기우뚱기우뚱 한쪽으로 연
방 치우칩니다. 기를 쓰고 다리마다 균형을 잡습니다. 가파른 오르막길이 고통스러운 만큼 높
은 산 꼭짓점까지 오기가 발동합니다. 오르막의 반대편, 이제부터 골 깊은 내리막입니다.

세상에는 좋은 사람이 있는가 하면 나쁜 사람도 있습니다. 그
런데 좋은 사람과 나쁜 사람의 차이가 무엇입니까? 좋은 사람은 속
에 좋은 마음만 있고, 나쁜 사람은 속에 나쁜 마음만 있어서일까요?
아닙니다.

밝은 낮과 어두운 밤이 맞물린 하루처럼, 우리 마음에도 밝은 양
심과 어두운 비양심이 공존합니다. 그래서 이 양심과 비양심이 서
로 싸우다 양심이 이기면 좋은 사람이 되는 것이고, 비양심이 이기
면 나쁜 사람이 되는 것입니다. 세상의 모든 것들은 이렇게 서로 상
반된 요소들을 함께 가지고 있기 때문이지요.

높은 산일수록 골짜기가 깊게 마련입니다.

문명의 이기 중 자동차가 있습니다. 자동차 없이는 문밖에도 안 나가는 사람이 있을 정도로 사랑받는 물건입니다. 그런데 그 자동차 때문에 한 해 사고로 사망하는 사람이 2차 세계대전에서 전사한 사람 수보다 많습니다. 우리가 애지중지하는 자동차에도 그러한 어두운 면이 있습니다. 어디 그뿐입니까? 인류의 평화를 위해 시작된 원자력 연구가 인류를 멸망시킬 핵무기로 돌변하지 않았습니까? 세상의 모든 것에는 밝은 면과 어두운 면이 동시에 있습니다.

세상에 절대적으로 좋거나 절대적으로 나쁜 것은 없습니다. 한쪽으로만 너무 치우치면 균형을 잃고 맙니다. 복권에 당첨돼 대박이 났다고 좋아할 게 아닙니다. 그 당첨금이 가정을 깨고, 사람을 망가뜨리고, 그래서 졸지에 알거지로 전락한 사람들이 얼마나 많습니까?

한쪽으로만 기울지 마세요. 늘 균형을 잡으세요.

지금 힘드십니까? 조금만 기다려보세요. 내리막길이 끝나면, 반드시 오르막길이 나타납니다.

이미 봄은 시작됐다

줄기 위의 꽃잎들이 사그라졌습니다. 늙어버린 줄기에 잿빛이 물들었습니다. 메말라 쪼그라들었습니다. 다시, 대지 위에 뭉쳐 있던 한기가 걷힙니다. 녹색의 생명들이 동면에서 깨어납니다. 줄기마다 녹색 물방울이 맺힙니다..꽃봉오리들이 눈을 뜨기 시작합니다. 이제 봄입니다.

박수든 정성이든 먼저 내주면, 우리는 그만큼 되받게 돼 있습니다. 그게 한겨울처럼 삭막하다는 오늘날 세상의 또 다른 면모입니다. 봄의 온기가 느껴지나요? 밖을 한번 내다보세요.

기나긴 겨울이 언제나 가려나, 그렇게 지루한 삭풍을 견디고 나면 봄은 오게 돼 있습니다.

시베리아의 삭막한 동토처럼, 지금 살기가 버거워 좌절하고 힘들어하시는 분들이 많습니다. 하지만 가만히 둘러보세요. 개나리에 진달래가 만개한 봄은 여러분 곁에 이미 와 있습니다.

일 년 사계절을 보면, 봄은 목木의 기운으로 만물이 싹을 트는 계절이고, 여름은 화火의 기운으로 성장하는 계절이며, 가을은 금金의 기운으로 추수하는 계절이고, 겨울은 토土의 기운으로 만물이 잔뜩 움츠리는 계절입니다.

그런데 겨울에 만물이 잔뜩 움츠리는 이유가 무엇일까요? 이 살인적인 추위에 산천초목이 잔뜩 웅크리고 있지만, 그 움츠림은 그저 무의미한 동작이 아닙니다. 움츠림 자체가 이미 봄을 준비하고 있는 것입니다.

이 한파만 견뎌보세요. 머지않아 봄이 시작됩니다. 지금 힘들고, 어렵고, 그래서 아무것도 못하고 있다고 낙담하지 마세요. 절망하지 마세요.

웅크리고 있습니까? 이미 봄은 시작됐습니다.

도둑에게 배워야 할 크리스마스이브

화이트크리스마스는 오지 않습니다. 눈 대신 매몰찬 삭풍이 눈동자를 할큅니다. 담장 구석, 어둠 속의 어둠 아래에 웅크린 채 숨을 죽입니다. 적당한 기회를 엿봅니다. 부르르, 강추위에 시린 손발이 떨어져나갈 것 같습니다. 한뭏하자면 참아내야 합니다. 어느 집 창 틈새로 캐럴이 흘러나옵니다.

상상만으로도 들뜨는 날이 바로 크리스마스이브입니다. 그 밤을 의미 있게 보내고자, 사람들이 얼마나 기대를 하고 준비를 합니까? 그런데 정작 크리스마스이브라는 밤의 축제를 어떻게 해야 의미 있게 보내는 건지 아는 사람들은 별로 없는 듯합니다.

밤일이 전문인 도둑을 생각해보세요. 도둑들은 그 야밤의 축제 속에서도 자기가 무슨 일을 하고 있는지 잠시도 잊지 않습니다. 잊는 순간, 들켜서 잡힐 테니까 말입니다. 도둑들도 그러는데, 하물며 내가 지금 무슨 일을 하고 있는지 망각해서야 되겠습니까?

어둠 속에서 동료가 실수로 소리를 크게 내거나, 그래서 들켜보세요. 자신도 같이 잡히는 겁니다. 그래서 도둑들은 동료의 일거수일투족을 자기 일처럼 생각합니다. 도둑들도 그러한데 도둑이 아닌 우리들은 내 가족, 내 이웃의 일거수일투족을 자기 일처럼 생각은 못 하더라도, 관심은 가져야지요.

뜻 깊은 크리스마스이브, 도둑에게 정말 꼭 배워야 할 것이 있습니다. 도둑은 도둑질을 위해 추운 날에도 아랑곳하지 않고 으슥한 곳에 몰래 숨어 몇 시간씩 망을 보고, 기회를 노리다가 물건을 훔칩니다. 다시 말해서 고난과 역경을 당연한 일로 알고 일을 합니다. 도둑도 그렇게 사는데, 우리라고 고난과 역경을 못 헤쳐나갈 이유가 뭐 있겠습니까?

다가올 올해의 의미 있는 크리스마스이브를 미리 상상해보며 여러분, 메리크리스마스. 행복하세요.

부자로 살다 죽기

금고에 돈다발을 꼭꼭 숨겨둡니다. 곳간에 곡식을 꽉꽉 채워둡니다. 탐닉하듯 부를 긁어모을 수록 소유의 갈증이 점점 더 커져갑니다. 손아귀에 움켜쥐고만 있는 만큼 자물쇠가 늘어납니다. 날마다 자라나는 불안감 때문에 마음이 자꾸만 궁핍해지니, 거울 속의 구두쇠는 궁상맞기 짝이 없는 가난뱅이입니다.

대학생들의 최대 꿈이자 목표가 돈이라는 기사가 있었습니다. 그 기사를 보면서 가슴 한구석에는 답답한 마음도 들고, 다른 한구석에는 그런 청춘들이 안쓰럽게 느껴졌습니다.

세상을 살면서 부자가 목적일 수는 있습니다. 그러나 돈은 수단이지, 목적이 될 수는 없습니다.

젊은이들이 돈을 벌겠다는 얘기는 결국 부자가 되고 싶다는 얘긴데, 돈이 있다고 다 부자가 될까요? 그게 아닙니다. 복권으로 돈벼락을 맞았다고 다 부자가 됩니까? 아니잖아요. 몇 년 지나보면 그 돈을 탕진하고 인생 망쳐버린 사람이 더 많은 것이 사실입니다.

그럼 세상 모두의 꿈인 부자는 어떻게 될 수 있을까요? 돈으로 부자가 되는 것보다, 돈 없이 부자가 되는 방법이 더 확실합니다.

돈 없이 부자가 된다고 하니까 그게 무슨 말도 안 되는 소리냐는 분도 있을 겁니다. 하지만 돈 없이 부자가 되는 방법은 정말 많습니다. 그런데 거기엔 한 가지 기술이 필요합니다. 바로 소유하려 하지 않고, 향유하며 사는 것입니다. 요컨대 즐기면서 사는 것입니다.

집 안에 금송아지나 안방 가득 빳빳한 지폐뭉치를 쌓아두고 있으면 뭐 합니까? 돈을 부동산으로 땅에 묻어두고 살면 뭐 합니까? 그것은 단지 소유할 뿐입니다. 내 주머니의 푼돈일지라도 어려운 이웃을 위해 쓰는 사람이 그 돈을 향유할 줄 아는 진정한 부자입니다.

소유하는 것은 중요하지 않습니다. 차 주인이 뭐가 중요합니까? 문제는 그 차를 누가 타고 다니느냐입니다. 뭐든 그것을 향유하지 못하면, 그것을 즐기지 못하면 있으나 마나 할 뿐입니다.

뭐든 즐기세요. 그럼 온전히 내 것이 됩니다. 그것이 세상을 부자로 살다 죽는 비결입니다.

오늘, 지금이 바로 여러분의 시간입니다. 마음껏 즐겁게 즐기세요. 시간이 돈이라고 하지 않습니까? 그렇게 사는 순간, 부자가 됩니다.

주는 게 남는 것, 주는 게 버는 것

싱싱하고 좋은 것만으로 준비해요. 값비싼 것은 상관없어요. 만들어 팔고 사 먹는 거, 다 먹고살자는 짓이잖아요. 이 음식은 우리 조카들이 먹는 거예요. 그깟 재료비 뭐가 대수겠어요? 정성 가득한 손길이 쉬지 않고 들락거립니다. 언니! 누나! 이모! 고모! 조카뻘 손님들이 가게를 가득 채웠습니다.

돈에 관심 없이 새로운 이상과 가치에 도전할 것 같은 대학생들도 이젠 다들 돈 버는 것, 부자가 되는 것이 꿈인 세상입니다.

전북 전주시 덕진동의 튀김장수 이덕진 여사 내외를 압니까? 리어카로 11년 동안 튀김장사를 해서 4층짜리 빌딩을 세웠는데, 그 내외가 돈을 번 비결은 아주 간단합니다.

일반적으로 무엇을 만들어 팔 때, 재료비가 물건값의 30퍼센트를 넘지 않는다고 합니다. 유통비용이나 마진을 생각할 때, 그 이상 재료비를 쓰면 망한다는 것이지요. 그런데 이덕진 여사 내외는 튀김 재료비로 튀김 값의 70퍼센트를 쏟아 부었습니다. 그러니 손님이 몰릴 수밖에요.

이 부부가 튀김 값의 70퍼센트를 재료비로 써가면서 튀김을 만들었는데도 망하지 않고, 돈을 벌어 빌딩까지 산 비결이 뭐겠습니까? 부자가 된 그들의 고백이 어땠을 것 같습니까?

그들은 튀김 만드는 일이야말로 자신의 일이라 생각하고 즐겁게 일했다고 합니다. 그랬더니 손님도 돈도 함께 들어오더랍니다. 돈 버는 게 나의 일이 아니라, 세상에서 제일 맛있는 튀김을 만드는 게 나의 일이라고 생각한 것입니다.

주는 게 남는 것이고, 주는 게 버는 것입니다. 세상에서 제일 맛있는 튀김을 만들어 손님들에게 주겠다고 하니까 손님이 몰리고 돈도 몰린 겁니다. 돈 벌겠다고 재료비 덜 쓰고 값만 비싼 튀김을 만들어 팔았으면, 앵앵 날리는 파리 손님에 빌딩은커녕 리어카도 날리고 알거지가 됐을 것입니다.

아내와 늘 상의하라

미래를 놓고 마누라가 또 바가지를 긁습니다. 대화합니다. 마누라가 고개를 젓습니다. 설득합니다. 마누라가. 버럭, 소리칩니다. 고집으로 밀어붙입니다. 마누라가 손톱을 세운 채 발악합니다. ……내 인생의 파트너, 나는 마누라를 사랑합니다. 그래서 타협합니다.

미국의 한 경제전문지가 49명의 세계적인 사업가와 유명인사들에게 그들의 성공비결이 된 골든 룰, 다시 말해서 좌우명을 묻고 이를 소개한 것이 화제가 되고 있습니다.

투자의 귀재로 알려진 워렌 버핏은 '당신이 둘일 수는 없다'가 좌우명이라고 합니다. 그러면서 한 번밖에 살지 못하는 인생, 의미 있게 살아야 한다고 덧붙였는데, 그 설명이 별로 신통치 않습니다.

휴대전화 특허로 우리에게 엄청난 특허료를 받아가 떼돈을 벌고 있는 미국 퀄컴사의 폴 제이콥스 회장은 '관습적인 룰을 거슬러 가라'는 좌우명을 소개했는데, 이 좌우명도 딱히 신통치 않습니다. 관습적인 룰을 거슬러 가라는 말도 실은 우리가 흔히 하는 고정관념을 깨라는 이야기 아니겠습니까?

그런데 여러분, 포 브론슨이라는 경제전문 작가의 골든 룰을 한 번 눈여겨보세요. 그의 좌우명은 '아내와 늘 상의하라'는 것입니다.

아내와 늘 상의하라. 이 좌우명은 이 시대를 사는 우리들 모두가 가슴에 새겨야 할 소중한 말입니다.

사업을 하고, 연구를 하고, 정치를 하고, 직장을 다니는데, 무슨 아내와 상의하느냐, 상의할 것이 뭐 있느냐, 이렇게 말하는 사람이라면 감히 한마디로 삼류라고 단언할 수 있습니다.

아내와 늘 상의하라는 말이 무슨 뜻이겠습니까?

아내는 인생의 파트너입니다. 그 파트너와 늘 상의하는 것은 인생의 성공을 위한 시작입니다. 하지만 파트너는 아내뿐만이 아닙니다. 세상 무슨 일이든 파트너, 즉 상대가 있는 법이지요. 싸움을 하고, 전쟁을 해도 상대가 있고, 물건을 팔려 해도 상대가 있고, 정치를 해도 상대가 있습니다. 그 상대와 늘 상의하세요. 그러면 성공합니다.

우리 정부가 그런 자세였다면, 농민들이, 노동자들이, 영화인들이 왜 그렇게 분노하겠습니까? 여당, 야당이 그런 자세였다면, 우리 정치도 선진정치라는 소리를 진작 들었을 것입니다.

대박 난 슈퍼개미

조금 안다고 다가섭니다. 조금 봤다고 달려듭니다. 그이처럼 할 수 있겠다, 막무가내 올라탑니다. 신들린 무당인 양 대박을 비나이다, 무모하게 외줄 탑니다. 어설픈 굿판이 위험천만한 외줄 위에서 덜덜거립니다. 발라당. 기필코 선무당이 자신을 잡습니다.

요즘 증시에 대박 난 슈퍼개미 얘기가 화제입니다. 2억 4천만 원을 종자돈으로 모 회사 300원짜리 주식 198만 주를 샀답니다. 그런데 그 회사가 엔터테인먼트 사업에 진출한다는 소식이 나돌자 300원 하던 주식이 2천 원이 넘게 올랐다고 합니다. 그래서 8개월 만에 무려 36억 원의 평가차익을 올렸다는 것입니다. 한마디로 로또복권과 맞먹는 대박을 터뜨린 것이죠.

그런데 이런 소식을 듣고 주식한다고 달려들지는 마세요. 슈퍼개미 얘기는, 혹 그런 이들이 있을까봐 꺼내든 노파심입니다.

도박판을 한번 생각해보세요. 누가 한판 크게 먹으면, 그 먹은 것만 갖고 말들을 할 뿐, 그이가 도박을 하면서 그동안 잃었던 것은 생각하지 못합니다. 다시 한 번 생각해보세요. 카드를 시작했는데, 첫판에 대박 나는 거 봤습니까?

돈 놓고 돈 먹는 판에서는 마지막까지 버틴 이들이 돈을 따게 돼 있는 것입니다. 이것은 도박판에서 돈을 벌려고 해도, 한두 시간으론 쉽게 벌 수 없다는 말입니다. 밤새워 아픈 허리 두들겨가며, 자꾸만 내려앉는 눈꺼풀 치켜뜨고, 쌍심지를 켜야 겨우 딸까 말까 한 것입니다.

말이 슈퍼개미지, 사실 전문가입니다. 선무당이 사람 잡는다고 했습니다. 제발 좀 알고 달려드세요. 그저 좋은 땅 있다는 전화에 혹해서 땅 투기에 달려들었다가 엉뚱한 땅 사는 바람에 돈 날리고 경찰서 들락거리고, 도대체 그게 무슨 짓입니까?

불을 다뤄 인간이다

> 불덩이가 솟구칠 때마다 제우스가 눈을 뜹니다. 불덩이에 다가설 때마다 독수리가 날아오릅니다. 불덩이를 움켜쥘 때마다 내 안의 프로메테우스가 고통으로 신음합니다. 불덩이를 집어던질 때마다 그의 간장이, 나의 간장이 독수리 부리에 시뻘겋게 난도질당합니다.

요즘 유난히 화를 내는 이들이 많습니다. 인간이니 화가 날 수 있겠지만, 그 화를 삭이고 푸는 게 아니라 오히려 남에게 한바탕 화풀이하는 이들이 많습니다. 취직이 안 됐다고 주차된 차에다 화풀이를 하고, 애인에게 채였다고 불을 지르고, 자기를 보며 웃었다고 주먹을 휘두르는 이도 있습니다.

사람을 불행하게 하는 것은 욕심입니다. 그런데 그 욕심보다 더한 것이 바로 화입니다. 화는 사람을 불행하게 하는 정도가 아니라 그냥 망쳐버립니다.

화는 우리 몸 안에서 타오르는 불길입니다.

우리 인류의 역사를 한번 돌아보세요. 석기시대 이전까지 동물처럼 살았던 인간이, 동물 같은 신세에서 진정한 인간으로 거듭날 수 있었던 계기는 불을 멋들어지게 다루면서부터라고 합니다. 불을 다룬다는 사실이 그렇게 엄청난 것입니다.

그럼 사람답게 살려면 우리가 무엇을 어떻게 해야 할까요? 역시 불, 우리 몸의 화를 제대로 다뤄야 합니다.

새빨갛게 달아오른 석탄 불덩이가 있습니다. 그것을 주워서 다른 이에게 던져보세요. 던지기도 전에 자기 손이 죄다 탈 것입니다.

우리가 남에게 던지는 화풀이도 마찬가지입니다. 화풀이하는 순간, 이미 자신의 손을 다 태워 먹는 것입니다.

화는 정말 잘 다뤄야 합니다. 화가 난다고 그걸 남한테 집어던지며 화풀이하지 마세요. 그 순간 자신부터 화상을 입고 말 테니까요.

정직에 관한 단상

한 해의 마지막 끝날, 국기 대신 하늘에 대한 경례를 합니다. 지난날을 돌이켜 잘못을 되짚습니다. 나는 줄곧 진실했던가? 하늘을 우러러 여러 점 부끄럼을 가지고 마저 창문을 엽니다. 더이상 거짓된 허상으로 살지 않기를 바라며 정직하게 솟아오를 일출을 고대합니다.

　　최근 들어 최고의 스캔들을 꼽으라면, 아마 줄기세포 사태를 들 것입니다. 수많은 국민들에게 희망과 꿈을 가져다준 줄기세포가 없다니, 이것은 보통 큰 충격이 아니었습니다. 도대체 어떻게 그런 충격적인 일이 발생할 수 있었을까요?

　　우리에게 충격을 준 줄기세포 스캔들이나 엑스파일 스캔들을 비롯해, 크고 작은 스캔들에는 꼭 닮은 점이 하나 있습니다. 그 모든 사태의 꽁무니들이 하나같이 구렸다는 것입니다.

　　한번 보세요. 진실을 감추고, 거짓말을 하고, 이목을 속이고, 조작을 하고…… 이런 것들이 왜 생겨났겠습니까? 처음부터 끝까지 정직을 배반했기 때문입니다.

정직하지 못하면 이 땅에서, 이 사회에서 도무지 살아갈 수 없습니다. 아랫물도 이렇게 정직하게 살려고 발버둥 치는데, 세상의 윗물이라는 지도층들을 보면, 거짓말을 밥 먹듯 하고 있습니다.

아이티니 비티니 하는 기술이 이 나라를 먹여 살릴 거라고 하는데, 김밥 옆구리 터지는 소리들 마세요. 이 나라를 번영시킬 진정한 기술은 정직 하나뿐입니다.

4·19 혁명이 왜 터졌습니까? 정직하지 못해서 터졌습니다. IMF 사태가 왜 터졌습니까? 정직하지 못해서 터졌습니다. 줄기세포 파동은 왜 터졌습니까? 정직하지 못해서입니다.

정직하게 사세요. 그것이 일류국가를 만드는 최고의 기술력입니다.

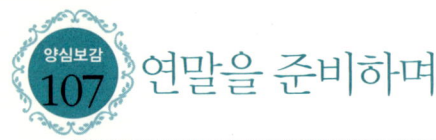

연말을 준비하며

한 해의 연극이 끝나갑니다. 보잘것없는 단역의 발길이 빙판에 헛돕니다. 거리의 네온사인이
발광할수록 마음 한구석이 자꾸만 궁상떱니다. 딸랑딸랑. 빨간 냄비 하나가 넋 나간 발길을
붙잡습니다. 품속에서 꺼낸 지폐 한 장을 나와 이름 모를 그가 나눕니다. 생면부지의 그가 내
마음을 따뜻하게 감싸줍니다, 힘내라고.

세상에서 참으로 야속한 것이 시간입니다. 어느덧 열한 장의
달력을 찢어버리고 마지막 남은 한 장을 바라보자면, 어김없이 하
릴없는 한숨이 쏟아지곤 합니다.

하지만 그렇게 한숨쉬지 마세요. 생각하기에 따라서, 마음먹기
에 따라서 정말 큰일을 한 것입니다. 이 풍진 세상을 살면서 내 건
강 지키고 가족들 챙기고, 그게 어딥니까? 그것만으로도 큰일한 겁
니다.

한 해의 마지막 달이 아직 한 달이나 남았다는 사실을 잊지 마세
요. 역시 마음먹기에 따라서 한 해 중 가장 의미 있고, 뭔가 큰일을
해낼 만한 마지막 달이 될 수도 있습니다. 가능성으로 열려 있는 충

분한 시간이 아직 있습니다. 늦었다고 생각될 때가 가장 **빠른** 때입니다.

연말, 바둑으로 치면 끝내기고, 야구로 치면 9회 말입니다. 그런데 바둑이나 야구나, 세상사의 대부분은 그 승패가 어디서 갈립니까? 바로 끝내기에서 갈립니다.

그렇다면 우리는 늘 맞이하는 연말을 어떻게 해야 성공적으로 마무리할 수 있을까요?

들판에 있는 곡식들의 끝내기를 보세요. 무더운 여름 그토록 땀을 흘리면 이윽고 가을에 알곡의 결실을 봅니다. 다른 이들의 양식이 되려고 맺은 그 알곡이나 열매는 누군가가 가져가 먹은 덕분에 더 많은 자손을 퍼뜨리게 됩니다. 더욱 부자가 되는 것이지요.

일 년 중 다른 때는 가만있다가 연말, 끝내기 때만 되면 불우이웃을 돕자고 하는데, 그게 다 똑같은 이치, 똑같은 이유입니다. 퍼준다고 그냥 퍼주는 게 아닙니다. 그게 다 나에게 돌아오게끔 돼 있습니다.

한 해를 결산하는 가장 좋은 끝내기는 남에게 퍼주기라는 것을 잊지 마세요.

나의 줄리엣에게 사랑이 왔다

한바탕 쏟아낸 감성으로 에피소드들을 한 땀 한 땀 바느질하듯 꿰어낸 에세이. 계절마다 꼬리를 물고 윤회하는 아홉 개의 에피소드가 삶에서 터져나온 사랑을 안고 깊은 호흡으로 순환한다. 카멜레온 같은 사랑의 색깔들이 당신을 마법처럼 빨아들일 것이다

▶ 최영란 글 · 그림 | 192면 | 값 9,000원

365일 읽는 좋은 글

삶의 고통을 자연스럽게 치유하는 힘은 당신 안에 있습니다. 그 힘은 마치 나침반처럼 당신이 길을 잃고 헤맬 때마다 제자리를 찾아가도록 도와줄 겁니다. 이 책은 꼬박 1년 365일 동안 당신이 숨을 가다듬을 수 있도록 도와줄 것입니다.

▶ 크리스틴 바게너 틸레 지음 | 이정언 옮김 | 376면 | 값 12,000원

당당하고 쿨하게 사는 여성들의 좋은 습관

이 책이 당신의 삶을 한번 깔끔하게 정리정돈할 수 있도록 도움을 줄 것이다. 정리정돈은 사고, 신체, 시간, 관계, 삶의 이상, 여가시간, 생활방식, 삶의 목표 등 삶의 모든 분야에서 이루어진다. 자, 그럼 시작해볼까?

▶ 게르티 자멜 & 실비아 슈나이더 지음 | 이수연 옮김 | 320면 | 값 12,900원

인간관계를 열어주는 13가지 지혜

복잡하게 얽히고설킨 현대사회에서 어떻게 사람을 대할 것인지에 관한 워싱턴의 주옥같은 원칙들을 쉽게 풀어 설명하고 있다. 그의 조언 속에 녹아 있는 양심 · 자율 · 신용 · 우의 · 책임 · 예절 등에 관한 13가지 지혜는 당신의 인간관계를 쉽게 열어줄 것이다.

▶ 쑤지엔쥔 지음 | 강경이 옮김 | 304면 | 값 10,000원

20대에 꼭 해야 할 일 46가지

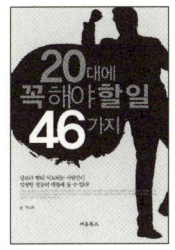

'새파랗게 젊다는 것' 자체가 무한한 가능성이다! 준비된 청춘만이 풍요로운 인생을 맞을 것이다. 올라가지 못하는 젊음, 미리 포기한 젊음만큼 딱한 것은 없다. 물러서지 마라. 당당히 직면해서 깨뜨려버리고 전진하자. 이 시대를 이끌어가는 사람이 반드시 내가 될 것이다.

▶ 박기현 지음 | 232면 | 값 9,000원

30대, 지금부터 시작이다

직장, 가정, 인생 전반에서 주도적인 역할을 하기 시작하는 30대, 그저 주어진 역할을 기계적으로 수행하기만 하느냐, 아니면 매사에 주인의식을 가지고 능동적으로 대처하느냐에 따라 앞으로의 인생은 판이하게 달라질 것이다. 자기 인생의 리더가 되어야 한다.

▶ 박기현 지음 | 256면 | 값 9,000원

마흔이 넘으면 자신을 위해 살아라

일은 남자를 알차게 만들고, 놀이는 남자의 행간을 넓혀준다. 40세는 일적으로 비약하는 발전기이고, '어른의 놀이'를 깨닫는 시기이기도 하다. 필요한 것은 노는 마음으로 일하는 자세, 놀 때처럼 일하는 사람이 성공한다.

▶ 가와키타 요시노리 지음 | 박현석 옮김 | 224면 | 값 9,000원

나를 변화시키는 좋은 습관

성공은 어디에 있을까? 그 성공은 당신의 내면 속에 있다. 성공하고 싶다면 일단 '성공하겠다'는 절박한 마음을 가져라. 이 책 속의 글들을 하나씩 실천해나가다 보면 당신은 어느 날 문득 성공한 사람의 대열에 서 있는 자신을 발견할 것이다.

▶ 한창욱 지음 | 208면 | 값 8,500원

행 복 해 집 시 다 !

양심
보감

지은이 · 박경덕 ┃ **펴낸이** · 박은서 ┃ **펴낸곳** · **새론북스**

편집 · 송이령, 김선숙, 석호주, 송훈의 ┃ **마케팅** · 최근봉, 추미경, 김종수

총무 · 조향미 ┃ **관리** · 하병태, 박종금

주소 · (412-820) 경기도 고양시 덕양구 토당동 836-8 칠성빌딩 301호

TEL · (031) 978-8767~8 ┃ **FAX** · (031) 978-8769

http://www.jubyunin.co.kr
jubyunin@jubyunin.co.kr

초판 1쇄 인쇄일 · 2006년 5월 10일 ┃ **초판 1쇄 발행일** · 2006년 5월 20일

ⓒ 박경덕
ISBN 89—91605—41—9(03810)